CAO TANG

有温度有质感的大唐风骨
有颜面有尊严的当代诗歌

顾　　问	黄新初　吉狄马加

主　　任	梁　平　宋　凯
副 主 任	张新泉　李　怡
编　　委	尚仲敏　姜　明　陈海泉　赵晓梦
	凸　凹　彭　毅　李明政　千　野

主　　编	梁　平
执行主编	熊　焱

副 主 编	李海洲（特邀）
编辑部主任	桑　眉
美术总监	宋　早
责任编辑	程　川　余　岚
发稿编辑	李龙炳　余幼幼　张晚禾　吴小虫
责任校对	蓝　海　安　素

出版发行　四川文艺出版社（成都市槐树街2号）
网　　址　www.scwys.com
电　　话　028-86259287（发行部）028-86259303（编辑部）
传　　真　028-86259306
邮购地址　成都市槐树街2号四川文艺出版社邮购部　610031
印　　刷　成都市新都华兴印务有限公司
成品尺寸　185mm×260mm　　开　　本　16开
印　　张　7　　　　　　　　　字　　数　170千
版　　次　2020年12月第一版　印　　次　2020年12月第一次印刷
书　　号　ISBN 978-7-5411-5831-5
定　　价　15.00元

投稿/联系邮箱：ctsk2016@126.com
电话：028-61352760/86640163
地址：成都市锦江区书院西街1号亚太大厦7楼草堂诗刊社

图书在版编目（CIP）数据

草堂.第52卷/梁平主编.-- 成都：四川文艺出
版社，2020.12
　　ISBN 978-7-5411-5831-5

　Ⅰ.①草… Ⅱ.①梁… Ⅲ.①诗集－中国－当代
Ⅳ.①I227

中国版本图书馆CIP数据核字(2020)第206431号

Contents
目录

2020-12（总第52卷）

[封面诗人] _4
周所同_蓝调（组诗）
周所同_随意道来
卢　辉_内宇宙与外宇宙：一个矛盾统一的世界
　　　　——从周所同的诗歌作品想到的

[实力榜] _16
姜　桦_余生一片苍茫（组诗）
川　美_疼
田　原_形式与边界（组诗）

[非常现实] _30
唐以洪_一颗在地平线上奔跑的大米（组诗）
叶逢平_生活学堂（三首）
段新强_尘世深处（组诗）
孙方杰_年已半百（三首）
吴群芝_又一只麻雀飞走了（三首）

[最青春] _42
·四川80、90后诗人小辑·
钟　钟_金光村笔记（三首）
赵星宇_年轻的铁有了新身份（组诗）
陈　辉_事件，及其他（组诗）
刘　磊_可那作为终点的马桥（组诗）
吴宛真_人间总有缓慢而至的深情（组诗）
希　贤_来，我们坐着（组诗）

胡　娜_黑夜中的星光（组诗）
叶　非_学会识别身体里的稻谷（组诗）

[大雅堂]_61
十八须_月亮之下（组诗）
阿　蘅_中年写信（三首）
伤　水_一副鱼骨演绎着我余生（外一首）
秀　枝_十一月最后一天（外一首）
杜立明_坐在旷野的门槛上（三首）
鲜红蕊_落叶落下（三首）
雨倾城_只剩下一场雪（三首）
崔　岩_时间的刻度（外一首）
陈安辉_万古愁（外一首）
孔戈碧_引领（外一首）
唐　朝_蝉鸣（外一首）
林水文_黄昏素描（外一首）
许　军_蛙鸣
李建田_室韦
郭建芳_雕刻者
鹤　轩_断章（三首）
华　子_谁在叫我（组诗）
张牧宇_活着，像勇气（三首）
王太文_虚无让我成为一棵树（三首）
余子愚_观一了画作
杜　剑_帽子（外一首）
鲁　川_古老的家训（外一首）
陈贵根_在锦里，画父亲

[多棱镜]_79
[厄瓜多尔]奥古斯托·罗德里格斯
　　_沿吉狄马加的想象去旅行
吉狄马加_向河流、高山和大海的致敬
　　　　——瓜亚基尔2020国际诗歌奖致答词
邱华栋_大诗的复归与人类的希望
向云驹_为灾难中的人类做出诗的代言
　　　　——读吉狄马加长诗《裂开的星球》
[叙利亚]阿多尼斯_时光在碾碎时针
　　　　——致敬吉狄马加及其诗作

[实验经纬]_97
西　娅_朝向一个最后的完成式（三首）
得儿喝_老艺术家的遗物（组诗）

[新译界]_103
[美]约翰·阿什贝利/诗 [中国]少况/译
　　_约翰·阿什贝利晚期诗选

[子美逸风]_109
罗　熠　陆玉梅　王典馥

封面诗人
Featured poet

蓝 调（组诗）

◎ 周所同

[生活]

一杯水有口渴的时候。一粒米
有饥饿的时候。一条曲折奔波的路
偶尔也有散淡悠闲的时候
草木在露水中开花在霜枝上结果
低处牛羊望着高处山坡
天晴转阴时阳光也会带来风雨
尘世上的矛盾或悖论像常绿乔木
落下一片叶子又生出两片叶子
比如废墟有失败的砖瓦胜利的虚无
比如蚂蚁有一粒米的热爱和忧愁
你看那些喧哗的水
下面一定埋着沉默的石头

[麦颂]

刚卖完麦子。架子车停在饭店窗外
歇脚人一样疲惫；他和妻子是第一次
下饭店，有些拘谨、心疼和浪费
他点过饭菜，又特意为妻子加了一块
蛋糕，妻子没吃过其实他也是

他用筷子夹开蛋糕递给妻子
妻子闻了闻又推给他
推来让去像哑剧、默片，又像苦涩
而会心的仪式；蛋糕香气四下里弥散
更像他们劳碌、陪伴活下来的秘密
饭后，妻子把蛋糕仔细包起来
把剩余的碎屑一点一点拈净抿进嘴里
小心专注仿佛薅草间苗拣拾麦粒
半白发梢上还沾着湿湿的汗滴
回家路上，他拉着车妻子推着
架子车在山路上吱吱响着
麦地上的风吹过来。草垛如黄昏
这时，妻子突然问了一句：
蛋糕也是麦子做的吧？

[养一只老虎]

喂它青草。饮它泉水
最好与一只胆小的兔子为邻
身上花纹及长啸低吼慢慢退淡
头上那个字暗含危险倾向
应立即剪除；仿学猫步走路狗眼看人
黄牛毛驴一样拉车、推磨、耕耘
更是华丽转身；失去野性是进化还是
退化？已超出达尔文学说
莫笑这只老虎。笑它等于笑一个人的
悲哀、弯曲、无奈、伤感和麻木

[我喜欢]

我喜欢米粒，是爱最小的
蚂蚁；喜欢白菜萝卜
是爱简单的叶子和露水

喜欢一个人，是爱上他的
缺点和失败；喜欢虚幻的美
是爱尘世中深陷的足迹
偶尔，也会自己喜欢自己
是平庸的人爱着平庸
是记住我和忘记我一样容易

[与自己为敌]

心中有块垒，血液里有冰川
想清扫耳郭噪音，眼前又涌来
障目的雾霾；想喜欢想热爱
却绕不过拒绝的东西
我是左手矛右手盾，是自己的敌人

和危岩，被平静的日子打败
一直住在看不见的伤口里
不流血不喊疼，像一只黑山羊
有对峙的角，恍若哲学中的悖论

[无 题]

时间无辜而远逝
留下一个地址一个名字
仅有的记忆
一样多也一样少
在我忘记时又想起来了

[物 语]

沙粒与石头；大海与露水
世间物语暗示：时间即为距离

悬空或高蹈失重,比下坠更加危险

草木不死!牛羊有命!
贫寒、卑贱的事物离心最近
索取的手指伸向果实
风一吹,摘到的只是一片落叶

我只要二两闲情三寸自由
够不着的东西太多太诱人太奢侈
除了少,其余一概不值一瞥

[相惜之人]

像仇敌须臾不忘,像危崖
随时敢为舍身抵命;世间的
深渊浅于生死,堆满块垒的心
一泻而下,多么柔软而忘我的流水

活着的行李亦轻亦重,两袖风
翻开一本书卷,闪光的银子
就集体暗淡;不要更多只要更少
守着一盏灯、两扇窗、三生缘
相视一笑,我又聋又哑又瞎认出你们

[自然诗人]

草木产生哲学。海天之间
煮盐的结晶。拒绝与接纳无关
悖论,只是一次倾心的选择
尘世上的美多于存在少于发现
自然和艺术才更适合抒情
展开山水合上万物,比如翻书
找到自己的人一定会暗自生长
爱的秘密像草丛里的石头

一边隐去身上的裂纹与擦痕
一边蔑视世上炫目闪光的黄金

[闲云辞]

最渴的是水,最饿的是
米粒;最贴心的还是老伴
和女儿;一本闲书打发闲散日子
最想要的东西越来越少
最紧要的事反而无足挂齿
风吹人世,万物掌握在时间手里
我只是它的一片落叶……

[仿:吾日三省]

三餐减为两餐
三件事没办成一件
道声晚安却一夜失眠

想念故旧常常忘了名字
老是疑心没锁门
散步回来却未带钥匙

挤公交或地铁期待有谁让座
小朋友喊大爷心里难受
想快些走,反而总是落在人后

怎么啦?无辜的灯又替我黑了一夜!

[红门书院赋]

我相信乌云里藏着洁白的鸽子

一杯水与掘井者隔着渴死的距离
相信沙粒就是金子,是相互淘洗的
河水,最终闪光的最先被遮蔽
我相信蜗牛能走最远的路
蚂蚁与米粒互为生死才互为仇敌
相信舍弃则是选择,不同才暗中生长
守住慢就是相信一把寂寞的椅子
喧哗、诱惑、闪烁的银子无处不在
我相信只有翻书的声音能使世界安静

[自语]

曾有过欲望,未超越自律
有过私念,未伤及他人
尚有羞愧之心,知道对错或脸红
现在,智障和失忆接踵而至
是替我忘记自己无足轻重

人世啊!一列载重的列车
谁都是你的废气和扬起的灰尘
带走的就是留下的!
我在安慰中一天天老去
曾有的一点野心也变得安静

[与百丈潨说]

喧哗而孤独。散尽银两
只为一条普通河流买个名字
我知道,这是自然的秘密

平庸的人或事还是太多
我也是。惯于克制、隐忍
不敢越位、决绝、溃败和舍身

在远离悬崖的地方奢谈自由
惭愧!我还是那个俗人
一次又一次在美好事物中消失

[逆光]

哲学也许源于悖论?
披着露水草叶的甲壳虫
也许最先接近真理?
秩序跟在混乱之后
背着逻辑的包袱;
而自由是奴隶的孩子
流血的伤口流着血
感到疼,我已经虚度了一生

[坦白]

喜欢的书都是闲书
喜欢的事一般都是小事
喜欢的人身上大都落满草屑
和尘土;喜欢散淡喜欢无争寡欲
偶尔也会喜欢老虎和豹子
就是喜欢缺失、隐秘、冒险和最终
残留的火苗;清茶素食布衣是活命的
倾向。我喜欢一边拒绝一边挽留
像一盏灯因反对而爱上黑暗!

[假寐一刻]

石头院墙。黄泥草房
野葫芦一上架就攀上屋檐
门前菜畦刚浇过泉水

蝴蝶顺着豆蔓和篱笆飞过来了
心远地偏。山里白天可长可短
也可闲；鸟儿问答虫声四起
露珠样的星星镶满玻璃
我起身去外边走走。汽笛乍响
南柯梦醒。未熟黄粱变成一地石头

[关系与表达]

给大象以丛林给猛虎以山岗
给鸟雀、蝼蚁，甚至最小的苔藓
以草窝、洞穴、止渴的露水和贴心的
石头；给每个人温饱、庇护、自由
直立行走的尊严。这也是我与祖国的
关系，像影子跟在身后，纽扣缀在
胸前；给我热血给我心跳
记住曾经屈辱、悲哀、不堪的黑暗
而光明是黑暗的悖论、反证和真理
给我歌唱、热爱、不满及批评的权利！

[自我鉴定]

一生食素，喜欢粗茶淡饭
不杀生也不想混入什么天堂
有米充饥有水止渴就挺好的
活得散淡，喜欢三尺清水
养一片闲云。至于卑微和清贫
就不说了，相似的人太多
而我属虎，还藏着低吼长啸的花纹

像两色笔，黑的犯错红的改正
我喜欢这样写诗这样抹掉身后脚印
留下一片白，正好隐去我的姓名

[献 辞]

把米粒给蚂蚁。露水
给玫瑰；把向阳的巢窠
给投林的鸟雀，苜蓿与青草
给反刍的牛和咩咩低唤的羊群
把宽恕给仇隙，仁爱给邪恶
淡泊与宁静给欲望和虚荣
把从容一笑给灾难给胸中块垒
把一封旧信给白发老人
他会读到青丝依旧的爱情

[即兴判断]

雨落在旱地里叫甘霖
痛苦却流不出眼泪叫伤心
既暗淡又明亮的寂寞才是孤独
不要任何理由喜欢可能产生爱情
南辕北辙是古老的讽喻、教训或错误
也暗示一条路至少有反向的车轮
比方一边是庄严工作一边是荒淫和无耻
其中的界线、对峙就是提醒
我是忧天的杞人老旧的典故
请原谅！我诗里的一小片阴影

随意道来

◎周所同

爱诗容易写诗难，话虽俗却是真的。爱上诗于我是个意外，几十年居然坚持下来，应是盲目的意外。像在石头里点灯，流水上刻字，赤脚踩着蒺藜去拜佛，一直做着这等无望的无用功，全赖盲目热爱。曾经这样表述过我的诗："不仰视不低头不想假声歌哭／不以茶饮兑换咖啡，任由泡沫泛滥／无雨的云太闲，多糖的话太甜／唯美或审丑只差半步，不想用脂粉／掩去雀斑；我就是一件旧衣服／不缀流行纽扣，也不系时髦领带／更不想换成昂贵而拉风的丝绸／拒绝越多喜欢越少。我的诗／是一块布满擦痕，裂纹与苔藓的石头／只想从下面翻出一个啼哭的婴儿"。态度端正，也努力过了，可惜，我还未能翻出那个啼哭的婴儿，还不能"像一根细弦为一大群声音说话"。

诗人一生都在寻找自己，什么时候找到了，什么时候才能与别人区别开来；诗人还必须具备一种能力，即能否将日常情感上升为审美情感？这个过程漫长而复杂，最考验一个诗人综合实力；此外，从及物及事具象表达到抽象而智慧表达，更见一个诗人的精神气象，那些具有哲学背景和认知高度的诗才得以产生；前人留下经验之说不过短短几句，却概述了诗歌创作的全部要义与秘密；要命的是这些为诗的经验与秘密，具体到个体诗人的创作实践，不可仿制或排异力十分强大，如果没有足够的反作用力，绝望将是注定的。许多流行诗，就是因缺失了反作用力，不由自主泛滥成灾的。

与西方诗人相比，中国诗人一到年龄稍大便写不动了。原因也许很复杂，不便细说，在深感吃力之余，如果还不忍舍弃，就应虚心地向年轻人学习，向书本学习，不断地向实践学习；要克制名利和虚荣，要端正姿态，放下身段，打碎守成习惯，或许多少可以延缓创作寿命。就题材领域而言，从有新诗以来，我们依然停留在以人类为中心的写作；其实早在五六十年之前，西方就有人开始实践以自然为中心的生态写作；从这个角度去看，我们的诗歌理论是滞后的，似乎放弃了倡导和引领的作用；基于这一想法，我试着写过一首《自然诗人》，企图发出一些自己的声音，但毕竟微弱，相当于自己又消音了。严格来说，每首诗的生成，都有其秘密，每首诗与前一首诗都有区别或不一样才好；这是创造与仿制的分野，我一直告诫自己应这样做，总因力所不逮，只能遗憾了。

我的诗是敞开自己的一种方式，是尽量真实说出与尘世生活的关系，是对卑微如蚁一生的感受和交代，也是我热爱并留恋这个世界的写照；我只有轻的重量，多的承受，少的选择和慢的滞后，到了这个年龄，还有诗陪伴已经足够；"一叶翻霜两鬓秋，三生有梦逐东流。幸逢诗事写蓝调，不向青山问白头"。这是我的一首古体诗，不服老的意思还在，但毕竟用旧了自己，时间无情，磨损一切，偶尔豪壮一次，权当自勉了。

美国诗人马特·兰德在他74岁生日时写了一首诗："我与谁都不争／与谁争我都不屑／我热爱大自然／其次就是艺术／我用双手烤着生命之火取暖／火萎了，我也该走了"。我喜欢这首诗并抄在床头，他说出了我没有说出的话，实践了"我有你没有的"应是诗歌的意义；好诗或好诗人的标准应是如此。现在，我就是一张写满潦草字迹的废纸，记载着瞎子摸象和刻舟求剑的盲目和愚钝，但我毕竟来过、活过、爱过，曾有的不平、恩怨，甚至敌意变得宽容；我像小路是大路的错误，像老虎也有吃草花纹，更像一只蜗牛背着唯一的行李，一边攀爬一边寻觅一边向死而生，当某一天离开这个世界，我把留下的带走，把带走的留下，如果有谁还在意这只空无的贝壳，谢谢！你就是我此生唯一的知音。打住，是为记。

内宇宙与外宇宙：一个矛盾统一的世界
——从周所同的诗歌作品想到的

◎卢 辉

"当今中国，诗是寂寞与孤独的，似乎比黄花还瘦，然而，诗毕竟是语言的极致，它在人类喘息中透出了生命。"

这是周所同《读诗琐记》中的一段话，在他看来，诗从寂寞孤独中透出的生命力，是一种作用于语言的效果，是一种对于语言的特殊审视，是从各方面拨弄语言，是语言的一种翻滚，是语言的生命基因。通过这一过程，诗储存语言，促使语言发生"有机性"变化并使之合法化。因此，就严格意义上的诗人而言，心灵的内视与拷问，永远无法穷尽，也永远无法止于顶点，内宇宙与外宇宙构成了一个矛盾统一的世界。下面，让我们一起走近周所同，走进他为我们构建的世界。

["反差性"的思维与诗意的"弥漫性"]

在当今诗坛，诗歌写作的"反差性"运用成就了不少好作品，但这不等于说谁运用了"反差性"的诗歌公式，谁就能写出好诗歌。在我看来，"反差性"诗歌写作的基本样态是本体与喻体表象之间的差异性和本体与喻体内涵之间的贴近性"双向"构成的。周所同的诗歌如《生活》《与自己为敌》《逆光》《坦白》等，便是"反差性"诗歌写作较为成功的例子。比如：一杯水与口渴、一粒米与饥饿、血液与冰川、老虎与兔子、灯与黑暗，"反差性"不可谓不大，甚至是一种荒诞式的"反差"。然而，当我们认真地品味这些诗句的时候，周所同的"反差性"思维产生了"弥漫性"的诗意是大家料想不到的："比如废墟有失败的砖瓦胜利的虚无／比如蚂蚁有一粒米的热爱和忧愁""残留的火苗；清茶素食布衣是活命的／倾向。我喜欢一边拒绝一边挽留／像一盏灯因反对而爱上黑暗！"像这种类似于"荒诞式"的反差效果与诗意弥漫，读者仿佛一下子被"纠结"的物象与现象所打动。在这里，废墟既是"失败的砖瓦"又是"胜利的虚无"，因为，废墟的位置与胜利的位置看似"反差"却又如此"贴近"；在这里，灯既是一种"挽留"又是一种"拒绝"，因为，灯的位置与黑暗的位置看似"反差"也是如此"贴近"：一种生存的常态与反常，一种存在的式样与繁复的臆想在这里交汇。回过头来，诗人又多么想让"一条曲折奔波的路／偶尔也有散淡悠闲的时候""像仇敌须臾不忘，像危崖／随时敢为舍身抵命""相信舍弃则是选择，不同才暗中生长"这一个个"反差性"的思维营造出诗意的"弥漫性"，从而留下许许多多的"纠结""纷繁"让大家去思量。

是呀，当一个人与万事万物对话，一下子却无法判断自己要通过何种方式才能达到"对话"的途径，内心的纷扰总是难免的。因而，"反差性"思维就成全了诗人所获得的"对话快感"。这种喜悦的程度，不亚于诗人作为一个生命有限的人，为何开始感到自身已经改变和生命趋于无限的原因。正如周所同在《献辞》中写道："把米粒给蚂蚁。露水／给玫瑰；把向阳的巢窠／给投林的鸟雀，苜蓿与青草／给反刍的牛和咩咩低唤的羊群／把宽恕给仇隙，仁爱给邪恶／淡泊与宁静给欲望和虚荣／把从容一笑给灾难给胸中块垒／把一封旧信给白发老人／他会读到青丝依旧的爱情"。可见，这一系列的"给"或"把"，都是仁爱的心灵产生出的特殊的动力，而这个动力恰恰是在"反差性"思维的"搅动"中，把大量错综复杂的感情变成了"美的现象"。的确，在周所同看来，"反差性"的思维就像是万事万物在不断地"冲突""融渗""互补"中产生了诗意的"酶"，也就是诗意的"弥漫性"。他善于在日常实践与生存经验中按照自己内心的"矛盾统一"去贴近万物、解构万物、复活万物。他认为，万事万物的存在都是矛盾的产物。所以，诗人的任务需要运用"反差性"思维，找到万事万物的"纠结"点，去创造一种有"弥漫性"诗意效果的世界：这个世界就是一种物与人对应的神明秩序、一种矛盾的关系体系。

["暗物质"的发现与诗意的"命名"]

给事物及其事物之间的关系进行命名，这无疑是产生诗意的"第一推动力"。周所同对"暗物质"的发现与命名有许多独到之处。他认为，就诗歌创作而言，命名不等于是非判断，不等于非此即彼，而是把无数现实现象，即最神圣的现象与最人性的现象、最崇高的现象与最卑微的现象等，全部纳入更加神秘莫测和更加难以言传的方向，也就是纳入被我们用一个"美"字来说明的方向。

在周所同的诗歌创作中,他常常把诗意的"命名"当成是"暗物质"的发现。在他看来,看得见的景象还不是诗歌真正的客体,只有那些被遮蔽了的、被掀开来的"暗物质"才是诗歌真正的客体。因为,诗人的使命就是不断地给我们意识到的和相信的事物命名,而不是给我们看得见的事物命名。他认为,大千世界,作为诗人就是要把天底下的"暗物质"拯救出来,让它"重见光明"。也就是说,诗人要把那些不易"显形"的事物翻然掀开,把万物被遮蔽的一角用灵犀点亮,把日常意象分解为感性因素,并能重新将其组合成出人意料之物:"雨落在旱地里叫甘霖/痛苦却流不出眼泪叫伤心/既暗淡又明亮的寂寞才是孤独""喜欢的书都是闲书/喜欢的事一般都是小事/喜欢的人身上大都落满草屑和尘土""一直住在看不见的伤口里/不流血不喊疼,像一只黑山羊/有对峙的角"。这些诗意的命名以及暗物质的发现,貌似普通的道理但又不是,而是把小道理变成一种快乐的发现,这个快乐的发现周所同把它当成"暗物质"的发现。在这个过程中,遮蔽之物被掀开,纷杂之物被重组,自成一体的小天地被打开,这就是周所同丰富的情感、想象的自由,这就是周所同在万事万物或"暗物质"中制造出的命名之"酶"。

由此可见,周所同善于从"暗物质"的发现与诗意的"命名"中汲取自己的形象。他在洞察世界合理外壳下的"暗物质"里,从中捕捉转瞬即逝的形象和偶然的感受,并将其投影于现实的客体与心灵的住宅:"心中有块垒,血液里有冰川/想清扫耳郭噪音,眼前又涌来/障目的雾霾;想喜欢想热爱/却绕不过拒绝的东西/我是左手矛右手盾,是自己的敌人。"在这里,他充分地论证事物的多样性、矛盾性,也发现其始终不变的定律,并将"暗物质"重新送还给世界。的确,"暗物质"的发现与诗意的"命名"对诗人的创作而言是至关重要的。当人们对常态熟视无睹的时候,诗人却熟视"有"睹,却能够在人们最需要的时刻激发人们感知这一现象,发现这一现象,使处于"暗物质"结构中心的客体能在正常光线下被人看见,使"暗物质"身上的色彩能够完全折射出来,与世界产生广泛的关联。正由于"暗物质"可以"被感觉",可以产生与永恒事物间的血缘关系,诗人才有了对"暗物质"命名的快乐。所以说,对事物的重新命名,并不在于它表现了一切新的可能的情节,而在于它在人们想象的时刻,能把现实中不可思议的东西,同我们现实生活的经验联系起来,从而产生诗意"弥漫"。

[心灵气象与生活现场的"照应"]

今天,诗有何用?从周所同的诗歌创作实践,我们欣喜地看到:在生活日益碎片化的时代,作为"无用之用"的诗歌,就是为了人们去感受一点活力,竭力保持生活的感召力。特别是当一切置我们于网络之中,一切都欲使我们失去活力、变得标准化的时候,诗歌以其特有的方式构成了一种"解码器"，促使我们变得清醒，变得有活力，变得美妙异常，变成完美的自我。就拿周所同的这组《蓝调》来说，生活的现场与心灵的气象总是彼此"照应"，一次次"照应"成生动的自我。

如果说生活是一个大熔炉，那么，生动的自我就必须在"大熔炉"里炼就"心灵气象"。据了解，在中学读书时就开始写诗的周所同，一开始写作就少有"吊书袋"的成分。他默默走进那块园地，带着山间泥土的清香，歌唱瓜棚豆架和苦艾山花，叹息着父亲的辛劳与爷爷的寂寞，讲述着山村里姑娘与小伙子们的故事。在他看来，自己出生的那个小山村、那块黄土地一切都是美的，只有在那里才有诗。后来诗歌标签从诗园里撤退了，汹涌的外潮将朦胧和感觉带了进来，周所同也已从清风明月、蛙唱鸡鸣的瓜棚豆架下走出，毅然掉头走进世界的深处，将自己成熟了的胸脯扑向广袤的土地，拥抱湛蓝的天空。如今，回过头来写自己熟悉的乡村，又是别有一番滋味在心头："我喜欢米粒，是爱最小的/蚂蚁；喜欢白菜萝卜/是爱简单的叶子和露水/喜欢一个人，是爱上他的/缺点和失败；喜欢虚幻的美/是爱尘世中深陷的足迹/偶尔，也会自己喜欢自己/是平庸的人爱着平庸/是记住我和忘记我一样容易"。

从清新明丽走向稳重豁达，从讲究技巧走向散淡素朴，周所同的诗完成了一次次的"蜕变"。正如他自己所言："诗是慢是虚无，只能暗自生长，只有翻书的手指，能使喧哗的世界安静。"从故乡的一隅放眼世界，从个人梦幻般的往事升华到人类命运的思考，周所同的诗路越来越宽，终于以自己"垂长的坚韧和比孤独更虔诚"的执着追求，在新时期的中国诗界找到了自己的位置："一生食素，喜欢粗茶淡饭/不杀生也不想混入什么天堂/有米充饥有水止渴就挺好的/活得散淡，喜欢三尺清水/养一片闲云。至于卑微和清贫/就不说了，相似的人太多/而我属虎，还藏着低吼长啸的花纹"。这不，周所同的"自我鉴定"像是自嘲，但更多的是自省。是的，"粗茶淡饭"属生活，"三尺清水"属心灵，生活现场也好，心灵气象也罢，对诗歌创作而言，二者之间从来就没有谁轻谁重的掂量。因为，诗是直达我们全部的身心，它以生活来充实我们的思考，以激情来释放我们的筋肉，以心灵感应我们的语言本能，引领我们走向深远宏博、优美完好的世界。

总之，不管是"反差性"思维，还是"暗物质"发现；不管是生活现场，还是心灵气象。周所同那熔铸于诗中流动不息的生命意识，那一颗跳动着的对生活、对故土的爱心，对人类命运的独特思考与体验，特别是他对"暗物质"的发现与命名，给了我们全新的艺术视觉与思考，产生出一种有机的生活现场与精神幻觉，也就是"生命形式"的幻觉。这就是周所同，一个孜孜不倦努力攀登诗歌高峰的诗人。

实力榜
Major Poets

余生一片苍茫（组诗）

◎ 姜 桦

【作者简介】姜桦，笔名阿索，诗人、作家。出版诗集、散文集多部。获"紫金山文学奖"等奖项，作品收入多种诗选。中国作协会员。现居江苏盐城。

[春夜帖]

记住一个人的一生
在一块石头上刻上他的名字
留住一个春夜，你
只要轻轻一声：嘘——

四月，麦地远处，一列
隆隆驶过的绿皮火车
一个字词，教会我
如何支撑起一首诗

用了大半辈子光阴
学会干净而热烈地活着
在人间，我有比天空更高的梦想
比瓦砾更破碎的命运——

[雪]

火焰和血顺着黑暗流淌
胡桃木的桌子上断刀跌落
一丛白发，说着我的前半生

雪，这北方的事物，我已多年没见过它
有关雪的诗句确实太多了，寂静的冬夜
我写下的只有白发，余生
大地紧迫，一片苍茫

[辩解]

我在去年春天寄出的鸡毛信
直到今年的秋天还没有抵达

我在少年时淌下的满脸泪水
一直到今天还没能完全收回

我在七月做过一场白日梦——
秋天,树枝摇晃,落叶缤纷

前世我曾经说过的那一句话
即使忘记,风也会帮我记住

直到此刻,直到你的声音传来
天上的星星,正在不停地辩解

[指证]

一粒乳白的药丸突然停住
指证一场突如其来的悲伤

一粒药丸,它破碎的光芒
类似一撮随风泼洒的烟灰

一间巨大而空旷的病房
床头的卡片插得一丝不苟

医嘱潦草,简短,假象
正好点到一个人的死穴

我经历的这些年,阳光
从来只给我一半的光影

黑暗的一面,用来回忆
明亮的一面,留着惊悚

[夜路]

常常想起几十年前,走夜路
老家村庄后面那一片茅草地

独自一人,踩着一片白月光
我的祖父祖母,都埋在那里

一颗颗露水在脚趾上跳来跳去
背后,蝈蝈的叫声紧追着我

回头看见那些青草矮进秋风
天空云彩互换位置,那场景
让我,忍不住,背转过身来

[目击者]

月亮,一只朴素的大虫子
星星,密布天空的小神仙

一粒嫩芽长成的种子
一条小河流成的大海
胸中的石头闪闪发光

生活,一面湖泊,可能
在某个夜晚露出河床和湖底
但它不交出一颗多余的石子

不要责备,我的
诗歌从不缺少苦难,你不察觉
仅仅因为你缺少一颗受过伤的心

[拒 绝]

习惯拒绝的人，内心
往往最需要某种安慰
比如在犁木街，省略掉
那些石板小路亭台楼阁曲水流觞
避开三两只夏虫和月亮的高声唱和
我却无法躲开一棵高大的钻天榆

隔着一大片密不透风的树荫
一只半青的石榴滚落到树下
它并不是为了拒绝成熟
只为能代替星星上的露珠
向我传递清脆干净的笑声

[时间给我们留下过什么]

时间给我们留下过什么？
清晨的蝉鸣、黑夜的闪电
午后，一记雷霆的不朽回声？

初开的蓓蕾向蝴蝶学会了亲吻
侧身而过的女子手持点火的蒲棒
塔尖飞起的鸽子，有一只来自唐朝

天空中的水母、端坐古塔的海妖
波浪在半夜的礁石上练习唱歌
爱，从来都不依靠经验和回忆

头枕溪水，在夜幕上画出星星
凌晨三点，一天中最困倦的时候
我坐在灯下，把睡眠，让给了你

[草原上的云]

草原上的云彩并无深意
它只是移走了大地上的阴影

有时候，云长出了翅膀
扑棱一下，滑向更低的云层

遍地黄羊，一匹小马驹用一个
响鼻，将一大片草原带到了别处

雨，总是在深夜落下来
灯光下，我期待被一个人叫醒

从黑暗中抽回来的手
放到哪里都不合时宜

[滩涂地：河流之死]

每走一步都是在赴死
而它的梦无疑是活着的
有时沉默，有时，歌唱
从不追问歌声去了哪里

每个故事都有一个结尾
就像每个人都会遭遇死亡
在老年，中年，也在青年！
而一条河只能够死在这里
在抬头就能看见太阳的地方
在低头就能看见月亮的地方
在搁下头就能睡觉的地方
故乡的土，都比别的地方高一些

挟带黄金拌着鲜血的泥土

接近大海，它反而不走了
用波浪和月光将头轻轻垫高
仅仅是希望能够用那些鸟叫
将大海的波浪，通过一场梦
向千里万里之外一点一点运回

[木刻光阴]

每天，习惯于一个人坐在这里
看着潮湿的光线从手背上走过

或明或暗的光线里，你在沏茶
计算一天的时光可以分成几小杯

每一杯的颜色大致相似
每一次的流淌声音不同

学会在雨声里加酒、浅霜中加雪
除了摇动，纷乱的花影不会言说

留一道木门。逆光的折扇，打开，即合上
杯底的人影，出现，又消失

[创作谈]

  初冬时节的天黑得有些早，刚过下午四点，原本明亮的天色就渐渐发暗。独坐苍茫，看着窗外的树叶在枝头舞蹈，阳光从它们的正面翻转到背面，我相信，过不了多久，头顶的星光将把路边的落叶和落叶上的诗句照亮。

  对于我来说，滩涂，大地，故乡，爱情，诗歌就是我的生命简史。独坐苍茫，借着那最后的光亮对时间和记忆进行翻检，我能不能这样来形容：中年的写作，就是给渐渐老去的自己写信。记得最初接触"苍茫"这个词，语文老师曾经用"旷远迷茫"来解释。这里面有两层含义：一是"广阔无边"，二是"模糊不清"。也就是说，此刻，独坐苍茫，我有一半是坐在了这种"渐渐到来的黑暗"里。除此以外，"苍茫"似乎还有另外一层意思：匆忙。就像疾速转动的车轮，就像一条大河的猝然而去，写诗，从生命里倾倒出泉水，将眼神放进去，把鲜花和爱放进去，诗歌就是对于"存在"的挽留和打捞，无论远近，无论短长，关键，是这种"存在"里必须有火有酒，有爱有恨，有最后一滴骑士的血。中年以前，我的诗歌更多来自清晨和上午，而如今，我更习惯于午后的写作。独坐苍茫，沉思使一颗心下潜。我在苍茫中审视自己，审视这些苍茫之诗，用一粒粒文字将暮色带进即将来临的黑夜。让生命在一首诗中"存在"，我们可以做得更像一个诗人。

  多年的写作，留下的都将称为"余生"。我在黄昏时分写下的这些诗歌，终将像一颗颗星星，照耀这苍茫的人世间。

疼

◎ 川美

【作者简介】川美,本名于颖俐,中国作家协会会员。出版散文集《梦船》,诗集《我的玫瑰庄园》《往回走》,译著《清新的田野》《鸟与诗人》等,作品收入多种选本。曾参加诗刊社第20届青春诗会,获"2011诗探索·中国年度诗人"奖。

1

在大地上挖个坑
铁锹踩下去,泥土掘出来
大地是不会疼的吧
就算你挖出个墓穴,也不会疼
不然的话,随便造一座墓园
不知道该打多少麻药
更不知拿什么充当麻药呢

地球不识疼滋味
概因地球巨大
哪里受伤都"离心大老远的"
即使地震、海啸、火山喷发
即使,澳洲丛林大火烧了数月
叙利亚战火烧了八年

2

相对于地球的巨大
蚂蚁算是巨小的,小到心脏可忽略不计
疼,自然也忽略不计了
总记得邻家的小孩儿
用缝衣针戳中一只蚂蚁
举着针尖儿上挣扎的玩物自言自语:
蚂蚁不哭,蚂蚁不哭……
真的噢,蚂蚁何时哭过呢?

鸡不哭，鸭不哭
鱼不哭，虾不哭
受不了疼，哭哭啼啼的是人类
好像人是多不禁疼的动物！
如果没有疼痛这古老的遗传基因
人，不知还能做出怎样惊人的壮举！

3

某日去医院拔一颗坏牙
牙床上留下黄豆大的小坑
麻药过后，小坑里积满深不可测的疼
腮部肿胀、灼热，疑似有个活火山
捂着，捧着，全不管用
夜里睡不着，吃了一片止疼药
又吃一片，还疼，疼得天都亮了

4

春天。一个刮风的日子
大人下地干活，我在家看家，看弟弟
还要看管菜园里刚发芽的小葱
不让饥饿的麻雀偷吃
我去园里赶麻雀，被五齿耙绊了一跤
耙齿扎进小腿，豁开皮肉
我用沙土止血，用破布包扎
像战士一样守护阵地
——那年，我七岁

如今，有薄亮的月牙形疤痕为证
却怎么也想不起当时的疼
"好了伤疤忘了疼"是真理
不信，好好的，你疼一个满头大汗试试

5

黄老师批评胡小冬：
"你害不害臊，扎个刺儿就哭哭啼啼，
人家江姐手指头被敌人钉竹签子都没喊疼"
胡小冬立刻止住眼泪
后来，不管谁哪儿破了、流血了，泪眼兜不住
都有同学替黄老师说"你害不害臊……"

黄老师的另一句名言是："信仰就是云南白药。
在你的心里种植信仰吧！"

6

疼也是刷存在感
一个人，四肢百骸，五脏六腑
都有疼的权利和荣耀。所以
有人开玩笑说："腰疼才想起来还有腰"

有的疼卑微，一点关爱就够了
有的疼矫情，能缠你一辈子
最高贵的疼是那种要命的疼
死亡的勋章才配得上最高奖赏

7

神医啊，您问我的头疼是怎样的疼吗
三十年前，它是一粒疼的种子
光滑扁平乌黑，像苹果籽
三十年前的疼是苹果籽发芽的疼呀

后来，它长成一棵苹果树
枝丫不断向天空伸展
根须不断向大地深扎
后来的疼就是一棵苹果树胀裂脑壳的疼呀

再后来，它开花受粉结果
一棵没经过嫁接的野树
结出的果子又酸又涩
再后来的疼就是一树野苹果的疼呀

如今，这棵苹果树跟我一样老态
树皮皲裂，树结肿大
只有那不嫌丑的老鸹在上面筑巢
如今的疼就是一只老鸹窝样的疼呀

神医啊，求您帮我端掉这只老鸹窝吧
我已不敢想象那玄鸟生蛋、孵化
一群小黄嘴儿鸽破蛋壳
该是怎样的疼呢，一下，一下，一下下……

8

常听上年纪的人说：
"死不可怕，谁还不死呢？
只要别遭罪就行"
——遭罪，即是各种疼

疼，是去往天堂的通行证
平常人走平常路线
少数无疾而终者有"修来的福"
享受贵宾待遇，走绿色通道

9

人和人会有相同的痛感吗？
我怀疑

有一次，我向医生口述头痛的症状
我说，"像燃放烟花一样"
他一点惊奇的意思都没有

我又说，"像一朵巨大的迫切盛开的牡丹"
他也没有表现出喜悦
只是如实地把我的话记录在病历本上

10

人怕疼，而精于制造疼
野蛮的刑罚，是对疼的极致追求
原始的刑具，是制造疼的古老技艺

小时候做过最残忍的事
是跟弟弟把捉到的青蛙摔晕，拦腰压在木棍下
两脚踩住木棍两端，两手用力薅下后腿
剥去滑溜溜的带花纹的裤子
上半截身子喂鸭子
粉红鲜嫩的大腿串在铁钎上烧烤
饥馑年月里的小野人
制造着酷刑和灾难
如今，当我说头疼
脑袋里就翻腾着
那么多、那么多青蛙的疼

11

世上有疼无穷尽
疼，像星星一样恒常
像野草一样茂盛
像风一样吹拂东西南北
像毫秒一样急速奔赴

所以，当我殷勤地向你道晚安
也是在祈求
一切的疼
错过你，绕过你，饶了你！

12

在我破碎的经验里
可敬畏的地方
一是医院
二是教堂
三是墓地
排在第三位的其实排第一
医不好的肉体
医不好的灵魂
都能在此治愈

13

约玛随家人挤上巴士
逃难的巴士，跑不赢空袭的炸弹
碎玻璃，血，哭喊，祈祷
他什么也没看见什么也不能看见了
他的脸蛋儿毁了，眼睛瞎了
小小的约玛，小小的叙利亚男人
他的疼始于三岁
柔嫩的颧骨不时地流血
冒出一粒玻璃屑
约玛懒得哭了
他笑着摸他看不见的稀奇世界
约玛约玛，五岁了

14

路过本市最大最权威的一家医院
感觉那地方是个不可见的大水坑
（当然，说池塘要美好一些）
疼痛的细流裹着血水眼泪悲苦呻吟哀叹的泥沙
和烂树叶一样的钞票
沿着不可见的河道从四面八方不断涌入
成为这座城市疼痛的深水区
有人游上来，得到健康
有人沉下去，得到解脱
更多的人爬上岸
拎着水淋淋的疼痛，原路返回

15

有一种疼，不流血，也没病灶
号脉、B超、CT、磁共振，全无迹象
但就是有不可名状的疼卸不下来
仿佛天地间的疼全都汇聚而来
凝结于心，又发散四外
"感时花溅泪"的疼
"恨别鸟惊心"的疼
谓之心疼，俗称伤心
一种常见病，然无药可医
时间和遗忘是两样管用的止痛帖
不能去根儿
遇阴天下雨，易旧病复发

16

疼从哪里来
医学书籍里面
有关于细胞和神经的科学解释
很想验证一下
可眼下好好的身体
实不忍给医学割一道口子

[创作谈]

疼痛是一棵要求开花的树。种子是前世就埋好的，在身体里发芽，扎根，长成一棵树的样子，比如一棵带刺儿的沙枣树。在温暖的阳光下，你到处搬运这一棵树，感觉它的每个小枝、每片嫩叶那么鲜润，你愿意为它哼一首好听的歌——

"在莎莉花园深处，吾爱与我相逢。她穿过莎莉花园，以雪白的小脚。她嘱咐我要爱得轻松，当新叶在枝丫萌生……"

春天。我的小树突然掀起风暴，树干倾斜，树枝和树叶都朝一面飞扬起来，彼此抽打，发出闪电的尖叫。

在剧烈的疼痛中，我搂住小腹，面色苍白。

父亲赶着马车去邻村接大夫二姥爷了。母亲洗干净手，给供奉的狐仙敬香。姐和大弟围在旁边，表情肃穆。屋内静极，只有苍蝇无聊地飞来飞去。小弟用刚弹完玻璃球的脏手碰我紧闭的眼皮，怯怯地问："她死了吗？"小弟的背上挨了母亲一巴掌。

不久，马车载着二姥爷回来了。随后，是房门打开的声音。

母亲说，快叫二姥爷给看看。

一家人屏息静气，看二姥爷把脉。左腕。右腕。

二姥爷问："姑娘几岁？"

母亲忙答："十四。"

二姥爷说："姑娘寒气盛，寒凝血滞，腹痛是行经前兆。按我的方子，肉桂末10克，茱萸末20克，茴香末20克，用白酒调成糊，加热敷脐，每晚一次，连用三天，血瘀化开就没事了。"

这是我最初体验的疼痛，沙枣树一样的疼痛。之后，不断嫁接出各种品种。

活着，痛着；痛着，证明活着——如果有一天，没有了这种种的痛，那一定是存在的物质形式发生了改变——因为，轻风是不会痛的，浮云是不会痛的，尘土和流水也不会痛……

形式与边界（组诗）

◎田 原

【作者简介】田原，旅日诗人、日本文学博士、翻译家。1965年生于河南漯河，20世纪90年代初赴日留学，现任教于日本城西国际大学。出版有汉语、日语诗集《田原诗选》《梦蛇》《石头的记忆》等十余册。先后在中国、日本和美国获得过华文、日文诗歌奖。主编有日文版《谷川俊太郎诗选集》（五卷），翻译出版有《谷川俊太郎诗选》《异邦人——辻井乔诗选》《让我们继续沉默的旅行——高桥睦郎诗选》《金子美铃全集》《松尾芭蕉俳句选》《恋爱是一件小题大做的事》《人间失格》等。出版有日语文论集《谷川俊太郎论》（岩波书店）等。作品先后被翻译成英语、德语、西班牙语、法语、意大利语、土耳其语、阿拉伯语、芬兰语、葡萄牙语等十多种语言，出版有英语、韩语、蒙古语版诗选集。

[黄昏]

海风吹弯天空
涛声穿梭楼群
潮汐的味道
弥漫黄昏

抛锚的木船里
闪烁的灯
如同遥远的星
明灭在码头

树木
随风舞动
像打扫天空的扫帚
不，那是
大地的手指
为鸟巢弹奏摇篮曲

山岬上的一片墓地
背对大海，还原记忆
海浪、虫鸣、鸟叫
是它们的安魂曲

此岸与彼岸
被大海隔开
它连接着今生与来世
是死亡抵达人间的距离

[狼与月亮]

辽阔的大草原前方有一片杂木林,再前方是连绵起伏的山。
老辈人说那里是狼的故乡。
流自山中的一条小河从未干涸过,是家畜、野兽和游牧人的生命之源,滋润着草原和无数的生灵,昼夜不停地发出潺潺的水流声。
草原上没有路。
通往狼的故乡也没有路。
马是游牧民的路。
草是羊的路。
羊是狼的路。
马头琴是孤独和悲伤之路。
到目前为止,我家的蒙古包搭建在草原的正中央。
若从狼群栖居的山上眺望,蒙古包也许看上去像小小的白贝壳在闪亮。
对狼而言,再远的距离都不是问题。
因为狼会像风一样奔跑。
一匹枣红马倒在山麓下的杂木林,身体的一半已经被啃噬干净。
这是发生在昨晚的事。
显而易见是狼的杰作。
狼长着一双穿透黑夜的眼。
夜间出动的狼与人类相反,白天在山洞里酣睡,夜间悄悄出来捕获猎物。
记不清我家的牧场被狼偷袭过多少次了。
饥饿的狼不会选择黑夜和月光。
但在明月高挂的夜晚,远方总会传来一高一低的狼嚎声。
仰着头,对着明月:嗷呜——嗷呜——嗷呜——
不知是在呼唤同伴,还是向夜空传递着什么。
响彻草原的狼嚎声是去往月亮的路。
一声接一声地升向夜空。
狼被奉为游牧民的神。
狼的祖先住在月亮上,至今还在月亮上活着。
老辈人坚信不疑,是狼把死去的游牧民的灵魂送往了天堂。
洒下草原、山峦、蒙古包的月光静悄悄的。
来到牧场的狼的脚步声静悄悄的。

[雷 雨]

雷雨浇灭鸟叫和蝉鸣
置身屋外的雨搭
啪嗒嗒、啪嗒嗒
如急促、密集的鼓点进入高潮
通往对面楼房唯一的小路上
一把黑伞朝着相反的方向移动
擦一下变得模糊的玻璃窗
黑伞不见了
雨还在下,电还在闪

[梦的标点]

1

连绵的山
隔开梦和大海
丘陵上的家像哨所
守护着潮起潮落

2

门前的小路
传来海神的跫音
屋后的大树
沐浴着风投下绿荫

3

海滩
收藏数不尽的脚印
夕阳
拉长无数的身影

4

宽敞的庭院
花草长成植物园
飞飞停停的蝴蝶与蜜蜂
是主人也是园丁

5

手工做的花边窗帘
把黑夜挡在外面
室内的古希腊神像
炯炯有神

6

老人谙熟鸟语
一个口哨
鸟从窗口飞进屋
栖息在他的肩膀

7

墙上的画框里
每天面对的玫瑰从不枯萎
如同阳台上断臂的陶俑
童年残缺不全

8

一本古书里
圣人们窃窃私语
估衣铺出售的裤子
散发死者的气息

9

后山上的蒲公英
绽放在船夫的体内
远航的船
切开大海的脊背

10

白发是语言的雪片
睡眠是梦的标点
菩萨不分雄雌
爱与性都没有界限

11

苦难在春天里
四处游荡的幽灵无名无姓
记忆是未来
浓缩在墓志铭

12

生命是一条长短不一的地平线
终点有沙漠也有草原
活着是死亡的一部分
在轮回中涅槃
是苦是乐
都不过一瞬

[创作谈]

　　随着写作经验的积累，只有极少数诗人会突然对自己的写作产生疑问：我怎么反复写着同一格调的作品呢？当然也会有相当一部分诗人自我感觉良好，为曾经写出的诗作和获得的名声飘飘然，甚至在生命画上句号时依然对自己的写作缺乏自觉性。撇开模仿的层面不说，每个诗人都应该是不相同的，语感、想象力、对词语的运用和支配的差异，都会把个体从群体中区别出来，思想、心灵、精神性以及对他者的态度和凝视世界的姿态也都会或多或少折射在文本中。初学写作时，我并不知道明确的敌人或对手是谁，写了很久之后，突然发现原来真正的敌人和对手就是我自己，于是，开始自己跟自己较劲，自己跟自己赛跑，试图另辟蹊径，做到不断地华丽转身以至于脱胎换骨——从一种写法转变到另一种写法，从一种风格跳入另一种风格——在尝试和努力时，饱尝了超越的不易。诗歌并不只是高蹈语言的组合，也非缺乏难度的口语写作，更不是空洞的振振有词和一味的自我情感宣泄，真正的好诗是超越模板和概念的。诗歌的疆域和语言的边界都是建立在诗人的视野和感受之上的。对于诗人，语言永远是一堵默默长高的墙，它看不见摸不着，却考验着诗人跨越的本领。

非常现实
Life And Poetry

一颗在地平线上奔跑的大米（组诗）

◎ 唐以洪

【作者简介】唐以洪，四川仪陇人，现居资阳乐至县。作品发表于《中国作家》《诗刊》《草堂》《星星》《山花》《延河》《广西文学》《扬子江》《诗选刊》《诗江南》《北京文学》《延安文学》《文学港》等。曾获2010年首届"十大农民诗人"称号、2011年度郭沫若诗歌奖、2012年首届产业工人文学大赛诗歌奖。

[蜗牛之歌]

因人间美好我们才选择从这里路过
只是我匆忙了一些

在北京张望，在深圳停留，在温州遇雷
常熟的闪电至今还在切割孤旅
这些城市啊，只是路边的石头和草叶
天黑了我就在上面扎营

如果我真的是一只蜗牛就好了
你看它的房子多小，就纽扣那么大，还那样轻
轻得可以整天背在身上在人间行行走走

走到何时是何时，走到哪里是哪里
无论在重庆还是成都
从来都不用踮起脚跟想家

最重要的是在茫茫的人间，不担心自己会走丢
你看它，发现自己掉队了马上头一缩
就回到了自己

[铁 匠]

铁、墩子、锤子
还有火炉与水
我的身体
就是由这些组成的

我的生活
就是取出铁在炉中烧红

这不够！还需放在墩子上
用锤子使劲敲打

必要时
在水中冷静地思考一会儿人生

这样反复地敲打
我只想把自己打成
一把清心寡欲的弯刀

很多铁被敲成了废铁，剩下的
既没有成型，也没有成器

我只是把自己敲打成了
一个弯着腰的铁匠

[一颗在地平线上奔跑的大米]

一颗大米在地平线上
迎着阳光奔跑

有一段路迎着风
起伏，摇晃，慌张

还有点儿喘息
肯定淌了很多汗水

跑得多像一粒
摇摇晃晃的幸福
朝着春天的方向

它已越过了沟壑
必须穿过针孔大小的家门
才能抵达春天怀抱

但它突然被卡住了

一只蚂蚁从下面爬出来
用触须擦了擦乌黑的脸

[土豆芽]

从腐烂的身体里窜出的
一枚嫩芽
仿佛一道绿色小闪电
一下子就击穿了我
曾对生死的偏见

生活学堂（三首）

◎ 叶逢平

【作者简介】叶逢平，福建惠安人。现为惠安县文联兼职副主席、泉州市作家协会诗歌创委会副主任、《泉州文学》编委。

[日出的数学图]

醒了，大海试图站起来，与人们
一起看日出。因此，你得出世上才有浪花
捕鱼人垂直站在岸上，撒下网

大海，一直没有站好呢
世界都在喧哗……你乘以浪花
你减去垃圾，等于锐角的光芒

看不见一条鱼
捕鱼人抱紧等号的手臂
认为向下是双桨，向上是双桅

将潮水整齐地叠放在多边形的梦里
大海一条线，睡在地球上
波浪有了约等于的起伏，认真地呼吸

每个人相等的生活，捕鱼方式一样
可大可小，可自有主张的计算
日出，给世界点燃了一堆蜂窝煤

[玻璃杯的物理学]

在早晨，目瞩近海翻了翻身子
橹声低速地拍打我的双肩

然后，和盐交谈梨花汹涌的结构

不知道谁宏观的生活怎么了
一只破裂的玻璃杯放在岸边——
微型的高度，让海也觉得该踮起脚尖

正好，我也静立在杯子前面……
我的靠近使我始终成为忧伤的基本粒子
海水叙事，仿佛它对这个悬念的解释很多

一只破裂的玻璃杯，有一些
晨露。这只是一种个别的电磁现象吧
为何我不举起它，表达对海和朋友的敬意

人，与一只杯子有什么物理学区别……
把杯子抛向海，它无法在波浪中坚持多久
同样，人也无法明确在尘世可以爱上多个人

[菜豆的生长期]

海风吹过，我背上有一股鱼腥味
不知谁为什么将菜豆种植沙滩上
它们能活出自己的模样吗

我听见什么叫委屈这个词
菜豆与我的眉毛相仿，为一个
北漂的男人，蘸月光写过家信

回乡下种菜。我听到了菜豆的哭泣声
仿佛它们的前世是我的亲戚
今生我是它们的地主

与未知的生长期，菜豆的养分
是父亲余生的喜忧
等菜豆长大了，你会原谅世间的亏欠

尘世深处（组诗）

◎ 段新强

【作者简介】段新强，河南栾川人，中国作协会员，洛阳市作协副主席。主要作品有诗集《活在青山绿水间》《风吹草低》，评论集《词语的回声》等。曾获首届河南文学期刊奖诗歌奖、第三届宝石文学奖新人奖等。

[寒 露]

凌晨最凉的那颗星光
还没有熄灭
此刻，就挂在父亲的额头上

……哦，确切地说，是父亲
在用全身的力气噙着它，就像噙着自己骨头里
一滴清白的秋色

它照着玉米，大豆，野菊花
照着大片割倒的寂静，照着父亲
一遍遍弯腰抱起大地

它也把自己照着，照着一粒细微的
喜悦，被人间苍茫的尘埃
悉心收藏

[冬日里浣洗衣服的母亲]

贴着隆冬的腹部,挨着乡村的胸口
母亲弯腰走下最低的河床,人间袒露出
苍老、柔弱的部分

一件衣服——哦,是一条河
此刻在母亲的怀里:温顺,安静
浸满风尘的身体,被母亲握在手心,反复揉洗

细密的针脚,一次次膨胀又收紧,随着一颗心
把干净又还给贴身的生活……田野上辽阔的积雪
也仿佛是母亲一把把洗出来的,有些疲倦的白
薄薄地覆盖着世间

身子再低一些,整个冬天就从骨头里退出了
双手再搓疼一点,枯萎的春天
就会在棉布上再次伸展枝叶,吐出花香

从未走出过大山的母亲,一件衣服就几乎
摊满了她的一生,就像浣洗自己的命运
她淘尽了一条河的冷暖,却在一个冬日的早晨
总也直不起她瘦小的腰身

[那个坐在北风中的人是我父亲]

那个佝偻着身体,像一块黄土被风从地缝里
吹出来的人是我父亲
那个像一块石头,死死压着田角,生怕一地薄薄的希望
被风刮走的人是我父亲
那个已记不清多少次了,风一来,就把十指深深

抠进土里，化身为一棵茅草的人，是我父亲
那个风一来，就温顺地让风揪着花白的头发用力撕扯的人
是我父亲
他好像一辈子就为了等那一场场北风，好像没有他
那些风中高高的嘶吼，低低的哭泣，还有长长的叹息，就无处安放
好像没有他，那些风中呼啸的雷霆，尖利的刀枪，还有凶恶的逼问
就无人担当
而风一吹，他就只能伸直了脖子用力咳，用整个瘦小苍老的身体咳
他那张从不愿低下的老脸也被风吹得一次比一次黑，一次比一次模糊
只有闪烁在眼眶里的两粒微小却清晰的阳光，让我认得出那是
我的父亲

[母亲的电话]

已记不清有多少个0379区号的电话，淹没在
我的一大堆话单里，未曾激起一点点涟漪
也不堪回想无数个麻木的夜晚，风
深情地匍匐在肩上，我却听不出那是谁的呼吸

——今夜，从握住电话开始，我就在笨拙地回忆
母亲往日说话的语调和说话的样子
……哦，不知什么时候
豪爽刚烈的母亲，说话变成了今天电话里怯怯的口气
天天还在下地劳动的母亲，竟成了我回忆里的部分

时间还在分分秒秒地奔走，还在一点点拉长我和家的距离
六十四岁的母亲还剩下多少守望，可以填补空寂的光阴？
举目远望，黑夜就像铁打的天涯
一轮下弦月亮了又亮，仿佛拼尽了最后的力气

年已半百（三首）

◎ 孙方杰

【作者简介】孙方杰，生于1968年，山东寿光人，山东省作家协会签约作家，中国作家协会会员。著有诗集《我热爱我的诗歌》《逐渐临近的别离》《钢铁是怎样炼成的》《半生罪半生爱》《路过这十年》，诗合集《7印张》《诗歌组》《青春23》等多部，主编《山东三十年诗选》《新世纪山东青年诗选》《山东诗人60家》《山东诗歌年鉴》等多种选集，作品入选多种年度选本。入围第五、第六、第七届华文青年诗人奖，参加诗刊社第23届青春诗会，获山东省泰山文艺奖等多种奖项。

[这一天]

大海没有生日，礁石也没有
虽然每个生命都有一个初始的日期
它的此岸和彼岸，都有山峦的隆起
有着和我一样的生命隐秘

一波又一波的潮汐，仿佛远途归来
我在沙滩上逡巡，中午就躺在草坪上
周围喧哗不止，我却沉默无言
即使我大声喊叫
又有谁理解我痛失父亲的悲情

这一天是我的生日，年已半百
五十岁，我对尘世看得越来越明了
我的欢乐却越来越少
我的心力在逐渐丧失，仿佛一颗饱满的大豆
正在被榨干油脂

我脚步沉重，老于世故的面孔
正渐渐失去抵抗时间拍击的能力
身体对我的惊吓

出自自幼而来的呼吸系统疾病
我咳嗽着走进尘世，在人群中低语
悲观主义张着大口
吞噬我在海边短暂的休憩

时已子夜，没有等到最亲爱的人的问候
而我，一个平凡的个体生命
一整天在大海和山峦之间
来来回回地踟蹰，犹疑，怅然
悲切和低泣，终因缺一声生日的祝福

所以安慰，因我听见大海说
天空也没过生日，没有生日才得以永恒
在大海的注视下
尘世的一个身影还在溜达，拖着疲惫的岁月

[一位朋友念给父亲的悼词]

病榻上躺着的老人，努力地
下床，努力地使自己像个健康的人
他想使子女们相信
他还能活很久，甚至可以陪伴孩子们慢慢变老

他和自己的子女玩起了
他们小时候常玩的游戏
他似乎是在把自己的时光溯回
溯回到了自己的童年里
那时的岁月那么清苦
人生的欢乐却是那么清醒，那么多

其实，他的生命就只有十几天了
他知道自己终生的路已经铺完
七十八年转瞬即逝，时间对他而言
是遗忘，又是重新发现
是灶前做饭，也是等待着儿女们回家

生活曾经不屈不挠，如同负重而行的黄牛
他韵和着它的步伐，哞哞地叫着
在严肃而又活泼的教室
在冷而又高耸的给水塔
在岁月隐藏的梦中，银色的富足
在房檐下闪耀

然而，他已经沉默不语，从此不再开口
所有的人都要忍住悲伤，他放弃了这个世界
朝着银河走去

[知 道]

痛苦都是自找的痛苦
委屈也是自找的委屈
一切都会在不了之时，不了了之
好人不长命是因为太在意
想得太多便成了烦恼的空降之地
祸害活万年是因为自有命理
所有的秋风不过是周而复始

看到的花开，是因为没到凋谢之时
听到的顿悟也都是命运的设计
孩童在无知中欢笑
青年在学识中眉头紧皱
老人在世事的明了中继续老去
我回忆着往昔，始终不愿意说出
深藏在心底的羞辱

我知道做好事和行坏事
都是情不得已
如果人生的意义能够由着自己安排
我将带着儿孙
给生活的这个世界另起一个名字
却不告诉上帝

又一只麻雀飞走了（三首）

◎ 吴群芝

【作者简介】吴群芝（朵耶梅），侗族，中国少数民族作家学会会员，湖南省作协会员，毛泽东文学院第十六期中青年作家研讨班学员，怀化市作协副秘书长。2015年开始创作，作品散见于《十月》《诗刊》《文艺报》《星星》《清明》《草堂》《飞天》《延河》《扬子江》《绿洲》《诗歌月刊》《民族文汇》等报刊，偶有获奖。

[中年]

身体发出警示的声音
罗盘脚手架中心体温明显高于其他部位
窗户模糊缺水，0.2的视力
而雨水总会冲刷黑色玻璃
救治的本能，你给它们喂药，浇水
钙片，六味地黄丸，三鞭胶囊
复方硫酸软骨素滴眼液——

这些一生未碰触过的药剂
都被你塞进体内
并一次次往返白色工厂
挂号，问诊，接受机器人"望闻问切"

这些现代版新物种
试图拧开你体内
顽石，沙砾，污水，淤积的阀门
但吃五谷，又吃混凝土的悬铃木螺丝
主观与意识，总与执行者背道而驰

它们似乎更愿意低下头颅
远离嘈杂喧哗的城堡，生铁锉刀
回到母体原始状态

放牧一回自己——
看鸟在天空飞来飞去
黄昏把夕阳抛到河中后又慢慢钓上来

[又一只麻雀飞走了]

灰尘散去,风慵懒地吹着槐树
吹着池塘里一方斜身枯萎的荷莲
一只麻雀飞了,又一只麻雀飞走了

我们漫无边界地聊着
聊无关痛痒的事情,聊
越来越空旷的村庄,以及
逝世多日才被发现的孤寡老人田阿婆

阳光很温柔
昨夜的雨滴挂在瓦檐
挂在院坝里多日无人认领的床单上

天色暗下来,公用的晒衣坪
有人收走了落日
有人收走了被褥,衣物
只有那失去主人的床单继续与夜同眠

[桥上风景]

桥上风景,城市是城市
高楼是高楼,灯火还是灯火
只有不远不近的人间,似曾相识,却又永远陌生
错过或路过的风景好像是我们自己在看自己

而夜色中,一对
新人正在桥上专注地配合
摄影师拍摄婚纱照,镁光灯下
他们时而静止状态,时而牵手而行
拍到新郎从后面抱住新娘时,我要笑吗?
这是来自新娘的声音——

我在不远处观望
一次散步中的偶遇
是否与我无关,我离开了他们

路灯下遇到一块损坏破裂了的消防盖
我小心谨慎地绕了过去,像绕开残缺的生活

最青春 ·四川80、90后诗人小辑·
Younger Poets

金光村笔记（三首）

◎ 钟 钟

【作者简介】 钟钟，本名梁忠国。四川万源人，生于1995年。2013年开始习诗，作品发表于《草堂》《诗歌月刊》等刊物。曾获第三届国际诗酒文化大会"诗意浓香"征文比赛现代诗校园组铜奖，第二届全国乡土诗歌大赛新秀奖。

［金光村笔记］

一

你那时还有理想。居住的地方
放满了书和朋友们的临别赠言

你对未来做了短期和长期的规划
它们被你贴在了醒目的地方

你坚持每天阅读、看时政新闻
偶尔会在本子上写下两三句晦涩的诗句

"蝴蝶的远方是一次花朵邂逅
幸福死在路上，要怎么抵达？"

应该有第三句诗出现过
只是你的笔记本在一次搬家中丢失

二

厨房里的冬天，有文火熬煮的酒
你在等待一个朋友和傍晚的雪

已经微醺，酣睡随之而来
中唐时期永远的傍晚随之而来

那只翻过屋檐的猫咪在寻找什么
梦被惊醒后，诗意和失意完成互置

冬日渐生的疑虑终于如浓云般
遮住了光，你的人生开始明暗交替

"如果我是一只蝴蝶
我不会去相信鲜花的芳香！"

三

桉树林里稀疏的夕阳沉入平原的腹部
你能够看见的世界就是这样

"还有什么可以期待？"
周而复始的世界像你曾经画过的圆

初中时代的旧人曾用破旧的圆规
给你画下了更大的圆，你开始怀念

试图找到真的世界，因为你相信
这是暂时的迷茫，世界不应该是这样

"毛毛虫眼中的世界末日是蝴蝶
那蝴蝶眼中的世界末日是什么？"

四

你以为沿着河流可以走到平原的内部
你以为太阳下山时可以走到河流的尽头

……

最后呢？你还会以为什么
你站在窗户前沉默

风从桉树林吹过来，炎热的夏天
你的理想还剩下什么

不知何时，你的书籍上落满灰尘
……

"一只蝴蝶飞过来，另一只蝴蝶
也飞过来，花园里开满了鲜花"

五

你在夏天离开这里
想起丢失了什么在这里，想不起是什么
你在夏天离开这里
想起曾经目送朋友离去，想不起他怎样离去

……

你在夏天离开这里
想起身后应该有人相送，想不起是谁

[林间小径]

我喜欢午后散步
在林间小径
给不认识的植物拍照、取名
在小溪里轻荡出水花

有时,小径两边长满高大树木
它们相互横生的枝叶会搭建出
一条通往童话世界的道路
我会在这里变成一只鸟,唱出动听的音乐

我在这里遇见古木衰柳、昔人空悲*
这些古代的诗意让我忧愁
也让我改变对山水的诗意:
童年的阴影在此小径中被治愈

有时,我会寻找一处地方坐下
假装自己已经融入这林间万物
我是花,我是树,我是草,我是……
但起身的瞬间我还是我

日落之前,我必须从这片山林走出来
去面对一个庸俗的世界
使得这分离像是一支挽歌
每个傍晚,风都会吹拂着歌声找到我

注:化自王维《辋川集·孟家坳》。

[黄昏的散步]

我在黄昏陷入一种无意义的思考
开始漫无目的地散步
沿着河流我找到另一条河流
沿着村庄我找到另一个村庄
……

我看到群鸟在树枝头欢跳
它们刚刚从远处飞回
我看见黑压压的人群从工厂涌出
又涌向附近的村庄,黑压压的一片
像我掏过的蚂蚁窝里逃难的蚂蚁
卑微、忍耐,接近麻木

我总是在黄昏想写一首悲伤的诗
填平落日留下的巨大的天际线
它曾经占有我的杨家河、斜江河、后河、州河
占有我的小尖山、静惠山、将军山、凤凰山
现在它占有我的过溪楼

我想给往日的朋友写一封信
告诉他落日才是我一生想要写出的诗歌
它现在驱赶着我和我的工友们
从一个村庄到另一个,从一条河流到另一条
我还要告诉他,我这一生只能写出一首诗
像无数次驱赶中,只有最后一次
我们才能找到真正回家的路

年轻的铁有了新身份（组诗）

◎ 赵星宇

【作者简介】赵星宇，笔名郁伯庸，生于 2000 年 5 月，四川南江人，大学在读。作品发表于《中国校园文学》《青春》《诗歌月刊》《青年作家》等，入选部分读本；荣获四川省委宣传部、省教厅主办 2019 年中华经典"诵读写"系列活动现代诗一等奖，四川省首届校园文学奖，第十届中国校园"双十佳"诗歌奖等奖项。

[回 乡]

车子是晚上抵达，黄家沱
夜色如沙，父亲独自打着手电
有意把影子藏在身后

蛙声，稻香，年轻的父亲
一路沉默，只有不缓不急的脚步声
在快马加鞭

我们彼此看不清对方，和多年前
那个夜晚，父亲送我离开，同一束光线下
脸上隐匿的快乐或是忧伤

一切都太过安静，一切都明晰可辨
凉风吹来，空气中暗合着卑微的呼吸

不远处传来一两声狗叫
推开整片夜色，那是我耳朵里生出的青草

[必修课]

他是昨夜倒下的,可能是想起
前些日子,层板上倒下的另一个兄弟
早上的太阳,照在他的脸上
比以往干净许多,他没有想到,死后
从一个人,到几十个人
他们围成一个圈,祷告,沉默
给予他爱和尊严……

不会有人在意,一个陌生人的离去
一天的工作即将开始,死亡是一堂必修课

[在流坝]

这里的山上还有山,浅隐在
林间的寺庙,还有和尚

大雨过后,旧河床里的砂石
随着经文和暮霭里的钟声,一起奔走

抬头看去,山峰
在雾色里削去棱角,低向尘埃

"坐在寂静的深处",风吹过
云向南走,流水向北走

我站在原地,大喊一声
不知向何处走去

山谷里传出一两声鸟叫
还剩下我半个身影

[铁 匠]

城郊旧板房里,一位年迈的铁匠
拣料、烧料、锻打、定型、淬火……
有力的胳膊,把铁拧出了血
我在风中远远看着,飞溅的火星子
灼伤了皮肤,熔炉旁
无数的铁路过人间,红着脸
回炉锻造,在呼喊下
那些年轻的铁,都有了新的身份

[惊 蛰]

早醒了。书桌上的棠棣花
又开了几朵,天还未亮
我也不愿打开屋内的灯,坐在床上
耳边传来几声咳嗽,年迈多病的父亲
在这个春天,一定和我一样
早早醒来,在清晨的
第一声鸟叫里,找回自己
年轻时的影子

事件，及其他（组诗）

◎ 陈 辉

【作者简介】陈辉，90后，成都人，现为四川师范大学文学专业博士在读。写诗，兼写评论。

[同化事件]

伟大的思想家在夜里永生
此刻，我正在赶制一件严谨的外衣
它的针脚细密，衣扣和扣眼吻合得整齐
孤灯下，我和先哲坐在同一张桌案前
远处，呼声四起——再深一点
我将混同于黑人之中
裸露在外面的皮肤与空气充分接触
氧化出一层苔藓——舌头上，脖子上
操持论文的语言之手如生铁般僵硬
圆木滚下山坡，鹭鸟坠入深湖
指纹般的漩涡
一再确认感性之门是否紧闭
刀刻般的句式转换在丝绸上留下痕迹
软组织挫伤，大脑永久性受损
我知道多年后这些针眼般的疤块会如炊烟消失
云朵在天空中仰泳，激起的水花
偶尔是雨，偶尔是雪

[自我确定事件]

长时间的酣睡
并不觉得虚度
在这个封闭的屋子里
仍有一扇窗户向外
让我以辨清天色和
此刻的时辰
我无来由地喊出一嗓子
以此确定,我是
醒来并非在梦中
目光落到对面的楼顶上
房子高高低低的
我心却恒常如一
是一场场秋风冷雨
将屋顶打扫得如此干净
路边的草坪、槐树、香樟
也抖落得整齐
没有萧败的事
嗓子里又冒出一声"春韭"
在此刻,用它称呼
任何事物都算得体

[阴天事件]

阴天,在一间没有暖气的
屋子里锻炼耐寒性
一株水白菜独自掐算着
植物的星座和命数
自从眼睛和双手还给书本
我已无能为力
空中薄雾的软绳网
罩住我的房子
没有多余的语言要说
也没有什么语言能藏起来
空气的湿度持续上升,触动了
悲悯的报警器
并带来雨的体温
对以往的大师
我有沙漠般的饥渴
对以往的巨作
我崇尚老派的造纸术
感谢四面墙将我围起来
以满足我对自己一个困境的设置
羽毛般铅重的鞋子放在门外
没有人要来
我也不出去
众多不定之中,我唯独对这困境
看得真切

[客观性]

有时我也为一杯沸腾的水
保持克制
你的火焰
你的冰
灼伤我的两种方式
你回来时,带来另一场
完整的雨
黑人如我
在雨中狂奔
你走不掉
是因为我不放过你
你走过的歧途
我都命名为偶尔降生的春天

可那作为终点的马桥（组诗）

◎ 刘 磊

【作者简介】刘磊，生于1994年，四川南江县人。

[夏末速写]

风裸露在楼顶。
幻想中的白鸽，仍未
荡过秋天的眼睛

空气停摆。悬置于天地间的透明
弹性如你一口吞咽下的热果冻

所有的道路都铺满了鲜花，唯独
热，退化成了稠密的动词

像一颗疲软的子弹
吻向欲望的旗帜

[去马桥]

那年六月。我和爸爸
去马桥探亲。他的自行车驮着
他口中小狗的我

在上海郊区的水泥路面
雨没有准备地落下来

没有一棵树收留我们

他不肯躲雨
只顾弯下身子蹬车。像我在
城中村的河面钓出的龙虾
忍受着水的叩击

——那年，他才三十出头
到上海三年。和我妈住
每月50元的小单间

当我再提起这件事的时候
他的眼角纹已经变得非常和顺

我是打算找个地方停下来的
可那作为终点的马桥
却迟迟都没有出现

[朋友圈]

在朋友圈看见小蛇的夏天
我也想起了我的夏天。好奇怪
夏天还没有结束，我就已经
开始怀念

我不是小蛇
我只有和小蛇一样的白衬衫
和大她三寸的悲伤

就像那次不打招呼的雨
落进它不该落进的夜晚
到后面，是雪。一天
又一天

我又想起了我的
白衬衫

它是那么白，白得叫人选择遗忘；
在那场大雪，催我丢得
那么，干净

小蛇，你也许永远都不会知道
我也曾穿着一件白衬衫
吻过
一个春天

[谎]

我本以为我不会
再等一等，天亮前我一定写下来
我对他说

天像一块旧抹布，越来越黑
我在宽广之中睡去，坠落的悬崖
与梦中的我融为一体

——我跟在你的背后，捡拾松塔

松塔零落地躺在草坪的松针之上
几只秋鸟扑棱滑过上面的天空
我有那种清爽而落寞的感觉

你知道的，在梦中
总会有不可言说的事情发生
比如现在，我成为那只松塔
——被力的弧度抛起，然后以笔直的姿态
跌下来。如此反复。在你凝视的地面
再次成为松塔

天亮之前
你很难断定这不是对生活的戏仿
或者
是为你准备的谎言

人间总有缓慢而至的深情（组诗）

◎ 吴宛真

【作者简介】吴宛真，本名吴清华，1987年生于四川德阳，四川省作协会员。作品发表于《中国文化报》《辽河》《星星》等刊物，有作品入选诗歌年鉴，出版小说集《在你之外》。

[温 柔]

牛眼噙霜处，秋草含露时。
两朵云在风中擦肩，以最柔软的部分
经过你。

披散着花朵般的长发，一座山
摁不住脉搏里
水流的成分

人间总有缓慢而至的深情。
像一小片阳光，一小段空白
你坐在静处，起伏的天色

正在醒来的雾气。那经过多轻盈
否则桂花树不会
忍着疼，一朵，一朵，
一朵。摘下自己

我想跟你走很远的路。湖水在你眼睛里
多温暖。否则月亮也不会
一次又一次
跳进去

[信]

有些话是写给你的
有些给我自己
从一撇一捺到每个标点
都无比慎重

这几年种花，种云
种一场错过时令的雨
写下来，寄给你

你读花，读云
也读我。

信纸太薄
薄得容不下一滴眼泪

有时候也哭。
当我写下一个错字

我这一生写过许多的错字
像这样义无反顾
是第一次

[尖山寺]

远一点
要像从一片森林里找出
头顶白云那棵树一样
从县志里
找出头顶积雪的那座小庙

找出寺庙南面儿的那些大石头
是何来历。再远一点
要像解释为何将废弃的秧苗连泥投贴于墙
秧子就不会生虫一样

把满山的石头解释为
神仙的一盘棋局。先祖们抱着小孩子
坐在初冬的山坳里

你看,尖山寺顶上,金色的光。
那时候两片云正好
端坐树梢

没有孩子问及神仙的输赢。人世间
还有那么多事情
来不及解释。只道万物有常
四时成岁

顺着前人的脚印
从前,再从前

一座庙
就该是一座庙的样子

[谜]

仙姑提着花灯,打二月桥头走过
春雨来得不紧不慢
雨水沿河边。

一候菜花黄,田客打春牛背上
二候杏花飞,商旅赶春长路旁

雨水沿山前。
你在左,我往右,鸥鹭衔起树梢的谜
花木应如你
知我甚少。

手指在皇历上散步。走一步,雨水停一停
走一步,繁花乱一乱
河灯也如你。从南到北,晃晃悠悠,晃晃悠悠
始终不肯,点一点头

[麦子是温顺的作物]

因为舒展。
因为风一吹就斜,谷雨慢慢
大半个春天在这里收敛

因为头顶的鸟儿来了又去,云朵依旧柔软
因为你余下的小半条路还没有走完。

我无法描绘冬度的小麦
如何在一声鸟鸣中低头,饱满
温柔地泛黄

如同我不知流水是否酿好人间芬芳
端到你跟前

我终于小心地走好每一条路。捧着自己的麦粒
怕雨水越来越多,怕泥土
越来越软

来，我们坐着（组诗）

◎ 希 贤

【作者简介】希贤，80后，四川省作家协会会员。作品发表于《十月》《扬子江》《星星》《诗潮》《诗收获》《草堂》等；入选中国诗歌网"每日好诗""中国好诗"等。现居成都。

[生命的全部时态]

沉思的人们奔跑着
山墙下野草呼呼低吟
像簇新的银币
自由，不知疲倦

河流，沉缓明亮
船帆的凹凸是真理的确凿存在
一种久远的涛声，象形文字般浮动

天空是静止的中心，像蓝石瓦
获得的所有宽恕都是久藏的沉默

生命所有的时态
都呈现在落满灰尘的光柱之中

[来，我们坐着]

你指给我星星
黑色琼浆捧出月下花蕊的冠冕
被驱逐，从轮回里出走

爱情睡了
我要它醒
这昂贵的夙愿，星星之火
今天和明天
谁在虚空里喊它

对你的惩戒不过是将昨天完整遗忘
尘世接纳悬浮之爱的正面及反面
黎明抵临前，早熟的微粒乖张闪烁
那是我们珍视的

这些时刻，你说——
来，我们坐着
谈一谈虚空
谈一谈虚空绵延不绝的回声

[对于白色的感知]

我喜欢一切白色的事物
云团、净水与空气
黄昏渐近时山野小苍兰溢出的白
锋利的，即将陨落的白
如手中划动的断桨——

那些可能拥有却并未拥有的
卧在冬雪之上
度过了寂静的一生

[大地下沉睡的人]

细雨倾斜
深壑中流淌着月光
云杉浅绿色球果摇晃
岩壁上青草呈现出一副哲学面孔
盛满龙舌兰的酒樽已不是昨夜那只
不散的宴席顺从了日升日落

顺从了三餐和四季

我们说起一场战争
如何抛却真理和诗歌
一条歧途如何将时间私有化

我们还说起扎根大地的箭镞
是大地下沉睡的人
等待重新被命名的赤子之心

[窗 前]

窗前母菊淌着蓝色的血
落向日晷、海浪
和寂静。在具象下维持纯粹
交付光明的慢速乐章随之复活、分散
被时间照亮

给你了，他说
爱情是悲伤的巨婴
诗歌仍在地平线上保有尊严

让手握星星的孩子
独自穿过天井
也穿过无雪的冬夜

[时 间]

铃兰花开，然后是奔跑的孩子
过不了多久，花就会败去
而孩子在生长
这使我相信
一粒微尘
都有它的时间

黑夜中的星光（组诗）

◎ 胡 娜

【作者简介】胡娜，女，笔名佐桥，1995年生于四川仁寿，现居成都。中国诗歌学会会员、四川省作家协会会员。主要从事诗歌、剧本等文学创作。作品发表于《星星》《诗江南》《诗林》《时代文学》《青年作家》等。出版有诗集《日出》。

[愿你喜笑颜开]

愿我挚爱的你
在每天清晨醒来的时候
喜笑颜开

走到园子咯吱作响的枫叶上
在敞亮的阳光里
享受每一阵风的轻拂

——但愿我挚爱的你幸福，不置在风雨中
别过脸去；将所有的崎岖都抚平
所有的道路都是生命的语录

——亲爱的你
我尚不能占据你的过去
如同春雷不能占据已逝的寒冬
唯有向远山呐喊
等候回音来临；我们再相视
推动四季的轮回

[猛士的六月]

赴一场饕餮盛宴
在日光与月光的夹缝中
停留一分钟
允许我酿一茅窖时间
在这片土地

出生意味着一种专属

一种颜色人的有限道途
不自觉地塞进了药片和创可贴
把跌打霜配上的信仰之心
带上
才能在沙弥们的诵经中
超度出逝世的梦想

用一把钩子用力拉出
体内的吐露
用一把火紧挨具象化的身体

那每一粒燃尽的灰
终究会是
一位猛士的脚步

[黑夜中的星光]

寒冷的夜的高处
喑哑地经历着空旷和隐蔽
一束星光咬破了缥缈的夜
连千百年来被指指点点的河岸的月
也为此将落成飞翔的航灯

看不见河水的奔腾
看不见人群中的平凡
看不懂露水降临的早晨

多少起落在晾衣绳间跳动
刚好
那黑夜中的星光
刚好
苏醒了朦胧的双眼

[这些天]

这些天一直习惯于翻阅
像一只在太阳下晒肚子的虫子
把藏在皮囊里的水
全部翻个遍

我看见风筝牵动着逝去亲人的灵魂
看见房顶碎瓦上现身的童年
看见一只狗在啃噬着那不好不坏的天气

这些天一直低眉顺眼
往隔壁村口倚靠栏杆
转身在不透气的庙宇里伸缩
尽量伸缩成一个人

好像一切早有安排
随便一个流转
就能给低洼下个明确的定义

但是
这里除了我自己
谁也不行

学会识别身体里的稻谷（组诗）

◎ 叶 非

【作者简介】叶非，本名张炼，彝族，1996年生于四川凉山。作品发表于《星星》《青春》等刊，曾获第37届武汉大学樱花诗歌奖。

[赋水形]

词有词的大殿，水是水的牢。
安分的一部分，放在"湖"里。宁碎的一部分，
就撮合为瓦的敌人。让它柔情，让它在纸上隐姓，
让它匍匐，或在一方虚怀的谷里，等
渴。欲拒的、还迎的，如晨时的
一只木桶，躲在井里，冒充窃香的贼。
更有无波的贼、见底的贼，千里迢迢
往东去的贼。打捞几次。
也无非是那桃枝，春日里呼唤，
她如意的郎君。无非是，她卧醉的郎君，连夜
要闯入秦王的樽。

[野哨]

钥匙卡在石头中间。像足够固执的指针，与阴影较劲。
像小蛇探头，找两三撇清风，凑半副梯子。

铜锈，把自身推上陡峭的发动机。

踏摇摇晃晃的青，踏心惊胆战的青。

想坐进草怀，安抚这孤立的诗意。但你打不开石头，
也解不开自己。一小队蒲公英，咿咿呀呀，要占领裤腿温柔的高地。

在此定居。你并非优雅的僧客，未携多余的庙宇。
只好先发制人。趁黄昏犹疑，挥手，把它们赶下山去。

[鹊 桥]

读到"鹊桥"，就想起两个人来。
至于姓名，你知道的
我就不用再提。有些东西，
但凡听过、见过、尝过，就绝不会忘。
那时你站在书外，读
书里的他们，隔着一层薄薄的纸。
密密麻麻的字呀，扇动翅膀，
守在这一特殊时刻。面对所执着的
另一端，你其实并无其他办法。
也正是如此，分居在桥的两端，
竟拥有比河水更多的危险。

[青花瓷]

凑足了安静，聚光灯隔着玻璃喊过来。
像小范围的耳朵，放在展柜上，听丈夫的清晨。

清晨，好比嘈杂的大雾。而丈夫，正是那雾中
早出的动静、晚归的消息。

人世呵，茫茫一片。让一颗宁碎的心，裂成
瓷器与时间两部分：

一个，选择了婀娜。一个，总想叫醒她。
告诉她，那些关于衰老的事。

人潮围上来，又退走，婀娜的耳朵
仔细听着。但茫茫一片，没有任何
时间的消息。

[造字]

大可在纸上，弓着腰，栽种些什么——
喊叫的花，象形的叶子。不必担心
饥饿，还有渴。也可卸下隐喻，
朝人群，写封申请。要么
就挺起腰杆，说一句"想"。一句就好，
挂在树上，给云看。
或多，或少，总会有些回应。
当然，也有天空不下谷子。那时
鬼怪都堆藏在暗处。我所惊醒的原始人，
只允许保管首领配给的食物，只允许
把手伸进自己体内。物尽的洞穴中，
他是怎样怪叫着跺脚，就是怎样利用
沉默，在最硬的砂岩上，刻下
那沟通虚无的
一撇。

大雅堂
Selected Poetry

月亮之下（组诗）

◎ 十八须

[微 火]

萤火虫比星星更勇敢。它沉默，安静，不动声色
把渗入体内的夜色
一点点变成了火
微弱的，仅能照亮自身的火……

[活在灯光构建的世界里]

活在灯光构建的世界里
对夜空日渐淡漠。对我而言
星星和月亮，就像祖上
留下的秘制药丸，早已过期
不再能治疗我的伤痛
如强行服下，只会再增加
一种古典的疾病
把梅花当成妻子，把鹤的脚迹
当成解脱的路径
不，没有用。孤山早已人满为患
林处士改弦易辙，在一个清晨
启程去了繁华的东京
莫非我们活着，就是为了浪费得之不易的生命？
我对夸父的疯狂望尘莫及
但我希望像他一样
纵坠入虚无，也能感到追梦的疼痛

[祖先的土地]

废墟是房子唯一的结局
废墟的存在

比房子更持久
几乎不可能被再次摧毁

荒草是村庄唯一的结局
祖先们披荆斩棘,在荒草的祖居地
建下村庄
这笔账,荒草早晚要讨回来

死亡是生命唯一的结局
没有比这更好的归宿
所以没有人从那边回来,也没有人
能够死两次

至于故乡,遗忘是它唯一的结局
我已经忘了家乡的方言
也忘了村庄在平原上的确切位置
正如村庄把我遗忘,我也遗忘了故乡

[黄 昏]

浮在水上的夕阳,最终还是沉到了水里
像不会水的人,向自身的重量投降
但光是轻盈的,一群发疯的灵魂
她们踏水而行,奔向远处积雪的山冈
藏在荆棘丛中的月亮,最终还是站了出来
浑身是伤,仰着苍白的脸庞
但光是轻盈的,她们洒在石头上
试图让沉重的事物,学会无翼的飞翔

中年写信（三首）

◎ 阿薇

[在太原]

总能想到几个王
几个公主和贵妇，坐在黄昏晚樱树下
轻轻啜泣青春岁月不如意

我小时候最美丽的愿望是坐上绿皮火车
去龙城，去晋祠，去永祚寺
那时如初长的豌豆苗还没开花还没想到过爱情

有一次去省城开会
住在没有窗户的云顶酒店某个房间，又恰逢停电
黑暗中恐惧，焦灼，无人伴我
一个人在微信群朋友圈游荡
有个人很酷，后来又知道很帅
陪我聊了大半宿诗歌电影小说
后来我一直胡思乱想胡思乱想，是爱情吗？
我已中年

[中年写信]

一个不惑之人给另一个不惑之人写信
不过如此。春日无事，无心爱之人让我醉酒痛哭
读书，听诗人们聊诗艺、写作

昨天看了一场电影《布拉格之恋》
托马斯和他的女人们
画面撩人魂魄也仅止于当时

近来我的眼睑兜不住混浊泪水
一想起那场大火带走的那些孩子就流泪不已

一看见卖栀子花的老妇人打盹儿的老头
每一个在我眼前往来而过的老人

越看越像我的父母亲
越来越止不住的泪水

[亲人]

寂静的河滩,除了我,就只有转了几圈
又飞走了的灰椋鸟

傍晚的河滩和天际,除了那几只鸟,就只有我
重复平庸的生活

一副鱼骨演绎着我余生(外一首)

◎ 伤水

我钦佩比我熟悉大海的人
那游向深处的鱼,和鱼族藏身的藻类
现在,我钟爱一副白色鱼骨
耗尽了大海无数波涛,孤寂地于人世

分化。谁能追溯消散的钟声
有铜就能铸钟,有钟就能发出铜音
同样,失去的鱼肉、消逝的游动
不做挽留,也不去

守候。白骨同样鼓动千里波涛
大海给了我朴素的道理:

简单的复杂。深奥的结局总是浅显
没有内容的鱼骨,依然

生动。网住了鱼,漏掉了水
而鱼骨是游动的再次开始
海洋的再次开始
包含着忧伤的坚定、沉湎和

唤醒。面对鱼骨,就是面对灵魂
有头有尾、有节有刺
不是发现而是指出,一根手指伸向海洋
那么深,一副鱼骨演绎着我余生

[当他抵达另一个世界]

当他抵达另一个世界
空椅子迎候他,恰如我刚站起
我给他开门,让座,上茶
和我一样,他点支玉溪烟
简单地告诉我一些人间的消息
共和依在
一些海水变成了陆地
他说来不及探听爱情破产的成因
该做的事还没理清头绪
我回答他,一切都无关紧要了
任何关键都不是关键
我想转述这里没有规矩的规矩
他摆摆手说
你明白我也就明白
他终于放松下来
仿佛瞬间通晓了人间的生活哲学
只张口不出声音
只坐下不接触座位
做出喝的姿势,不惊动杯里的水

十一月最后一天（外一首）

◎ 秀枝

又有一天即将沉没——
这生命里的一块石头，一截木头，一线光，
　一滴水……

石头仍然抱定沉寂
胸膛里的风暴还没有倾泻而出
木头不会回到树上，只有等待火
纵然纵身赴火，噼啪燃烧，燃至成灰
成灰，风一吹，就飘散
微小的光能照耀什么？
贫穷，脆弱，寒冷，孤绝
大地另一面挤满忧伤的影子
一滴水汇聚不了浩瀚江河，只能
映照虚晃的半生……

这生命里一切的转瞬即逝和沉没……

[一些人在小寒里走失]

一些人在小寒里走失，犹如
一粒青稞腐烂在夏季的雨水里，一树果子
在秋风来临之前遭遇病害
在北方，我要抵御漫长的冬天
就要备好棉衣，粮食，木柴和水
备好足以盛下孤独和悲伤的心脏
小寒这天，天空又纷纷撒下雪片
加剧着寒冷向深处迈进
看哪！大地空茫，时间感伤
考验生命的时候到了

一些人在小寒里走失
一些与我毫不相干的人
给世界留下一个个空白，一些与我
相关的人，呈现疏离或背弃
一些爱我和我爱的人
站在险象环生的雪中，与我遥望
辞旧迎新的时刻，向人间集聚的众神啊
我只请你们，伸出手为踉跄的他们扶上一把……

坐在旷野的门槛上（三首）

◎ 杜立明

[献给贝多芬]

茂密的丛林和雪山有无数的耳朵
这生命无畏的演奏
盛开的死亡挣断最后的缆绳

一个人的音乐，一个人的战场
面对死亡他依然无比倔强
心灵的帝国，构建了芸芸众生不能理解的天光
狮子一样的男人把绝望也打扮得辉煌

我需要一个永无尽头的流亡
甚至接受一败涂地的悲伤

痛苦给贝多芬的鞋子砸上铁钉
倾听神和麦穗
城堡被乌鸦包围

浮士德瞎了，爱让这些勇士为自己的死亡歌唱

因为爱你，我将和时光决斗
因为爱你，我将在余生继续流亡

[信徒的传说]

这个戴着镣铐的罪人
在自己的胸口打开一道门
容那些信徒穿过

死后的雪是白色的
大地成为精致的哑巴

他试着不再说话
请人画一座山上的庙宇
以自己的方式置身事外
带发出家

灵魂以这个用旧了的身体作为代价
偿还罪过。没人知道
在黑夜里我疼痛的那一部分
擦肩而过的流星
像匹哭泣的野马

从此之后，我和这个世界有了新的关系
所有的男人都低头剃度
女人们建造庙宇，也捐献了头发
之后我们可以指鹿为马

我将死在路上
死在自己的怀里
不听任何人讲经礼佛
云朵怀孕之后，大地准备好了怀抱

[坐在旷野的门槛上]

一个人。我喜欢这样
坐在旷野的门槛上

很多东西都是没有办法控制的
我没办法让星球不再转动
没办法不再爱你

我们用活着来证明什么
好像没有什么是需要证明的

坐在旷野里的人，其实
坐在自己的胸膛上
那跳跃着跑远的兔子
就是惊慌失措的自己

我们总想把自己埋葬在
曾经坐过的位置

爱一个人的时候
你就是整个旷野

落叶落下（三首）

◎ 鲜红蕊

[落叶落下]

似群鸟列队
一场浩瀚的风带下落叶

像是自己的自画像
落叶的形状就是风的形状
鸟鸣的形状
潮湿的树上
不断有落叶落下
但不藏下我们
隐含过去全部的泪水
我们在落叶中站立
似在凸面镜中以伟大的技艺复制
一生移动过的映象
挥打着风
这宏大的生死
多么磅礴
似乎中途就没有被什么拦截住
落叶的灵魂正在返回它的巢穴
裹挟着一个冬天的晨昏
静谧、庄严、绚烂
像阳光、飞花，或者漫天星光
垂向我

[时光，仅仅为我们留下一匣骨灰]

从火葬场出来，已是黄昏
黑鸟在暮色里低飞

你捧着骨灰匣
一个人的七十七年，在你手中多么轻
你走得有些踉跄
草叶上的霜，似一层白骨灰
郊外五度的寒冷，也没冻住
你血里面的悲伤
一行人走着，说很少的话
这一日，寒冷割面，内心成灰
匣子里的，不再对这个世界发声

没有人能为自己送别
没有人能听到自己葬礼上的声音
来到这个世界，我们像穿过一场梦境
奔忙着，到最后，在方形的器物里
只为自己留下一撮骨灰
这个尘世呵
生与死，多么轻
它只是一滴眼泪
生与死，多么近
它隔着晨昏

[河 流]

它只是流经村庄的一段
至今，时间仍在重复它流动的样子
浪花中，奔跑
捉鱼，水中嬉戏，岸边读书
一条河流塑造出我们的童年和青年
它一生都在流动
像一个人一样，一生都在村庄寻找夕阳和月光
像拴在村庄的飘带
它是一个人灵魂的颜色，命中的颜色
就挂在我和村庄的对望之间

只剩下一场雪（三首）

◎ 雨倾城

[只剩下一场雪]

只剩下一场雪
沉默的人，和雪一样洁白

时间的刻度（外一首）

◎ 崔岩

如果钟表是时间的刻度
那么是否会发生下列情形：

钟表在走，时间其实没动。
那些数字清晰描画在容器外壁
而量杯里面空空如也。

钟表停下
会不会时间也暂停了
只是人们并未发现。

钟表诞生那么久了
谁能告诉我，究竟是时间核对了钟表
还是钟表校准了时间？

有没有这种可能：最初，时间只是
甩了个鞭花就离开，早已消失不见。
而钟表就像被响鞭惊吓的盲驴
绕着磨盘，走了一圈又一圈。

[黎 明]

窗外越来越白
鸟鸣先于晨曦以单调的音节
试图唤回被无端撒出的大把时间。

——多么清亮的时间！
它在尚未醒来的早晨白白流淌
轻柔而坚定，穿过我无动于衷的窗帘。

更多的雪花在飘
山岭，无人再来

一场雪，能停留多久？
孤独而安静的人，却得到了整个宇宙

[某 某]

你可以遇见我
此刻

大雪早已落满了树梢，我的衣衫也越来越白
我不说出来

某某。我愿意它下雪，顶替你的样子
我愿意一个人走着走着
和路一起消失

[拥抱旷野它竟然有了回音]

好像。从没来过
世上

中年，痴迷于旅行。天高地远无所羁绊
痴迷于行李箱流浪滚动
头也不回

往南走，可以悄悄安静
往北走，可以专心下雪

我喜欢这人间寂寥啊，轻轻拥抱旷野它竟然
有了回音

万古愁（外一首）

◎ 陈安辉

总以为夏季会簇拥着永恒的火焰
万物皆退守到各自最初的居所

有人蜷缩进一口深井
只为痛饮时光留下的万古闲愁

有人整日与风为伍
却并不裹挟什么也不带走什么

春天蓬勃的事物该凋零的都已凋零
通往密林小径曾浓密的花香亦消失殆尽

秋天尚未到来
金黄果实的春秋大梦依旧挂在枝头沉睡

落在红尘里的悲喜
被一场突如而至的暴雨冲刷
被遗弃在时光的岸边

[时光转瞬消弭]

不远处的河
反射粼粼波光
叮咚有致，闪烁无声
由楚楚动人的泪花构成

人间的故事饱含着无数隐忍
此刻　都聚集于黄昏
树林中最后一抹余光走失
不知何时消弭于天地

是什么会让人做出如此动情的告别
除了爱情
除了死亡

引领（外一首）

◎ 孔戈碧

我是穿过树林的光线
忽然有了肉身
和你相隔几英尺的暮色

你隐约呈现的心，
明亮像海中月亮的帆影。

暮色四合
夜的表面是不再汹涌的吻
当四周一度静得像一种索要，
你我和远近，构成事物的漂流。

距离，悠长的闪光。
那么多星从海的筛子经过，
引领我们进入秘密的潮汐。

[九月]

夏天已弃。
九月赞美丰收的人们
比已经离开的人幸运
我仅经过而不停留

落日被黄昏的手从枝头摘下。

天空与树冠的空隙
一种未来轻易地
不可挽回地遗失

月光彻照,屋檐下挂着的几只蝙蝠,
像几个突然被尘世叫醒的人。

蝉 鸣（外一首）

◎ 唐 朝

蝉将声音
埋在泥土里
连同它的前世
反思　成为养分
因为对人间的平和
它留下过太多的吵闹

蝉在修正今生
需要人们的感悟
它开始将更闪亮的声音
挂在树枝上

夏天为它搭好舞台
火热逼走含蓄
蝉的鸣叫进入主题
声音在喷涌
将夏天淹没

丢失睡眠的老者
将一生交给了蝉鸣
在蝉声之外
梦回秃尾之春

[火]

有时候
火是不燃烧的
只是心里的一种宗教

红色是过程
是疼痛
七月在流动
火舌放弃追赶
在众人的汗水面前
火　在溃败

火在树叶背后
躲藏着
孩子们脱下尽量多的玩耍
将它覆盖
如同温室
孵化生命

黄昏素描（外一首）

◎ 林水文

收割完一块稻田
装运完沉甸甸的谷子
我坐在田埂上,平复喘着的气
多么寂静,风吹稻田
落地的蚂蚱一蹦一跳,黄鸟在后
夕阳缓缓地落下
像颤抖的灯火
这是我一个人的日落

他们看不到
此时我的心像落日
不能抑制地趋向平静
一头低头吃草的牛抬头看一看我
"辛苦吗?""辛苦又如何?在这浮世上"
余晖下的河水哗哗地流
它誓将上游的痛苦流逝掉
起伏的田地
灰蒙蒙的山林
落进流水里的落日
它们都是那么平静

[看戏]

戏台上,苏秦周游列国
六国大封相
锣鼓声,鞭炮声,掌声不绝于耳
台下,跟着父亲的背后转看热闹
似懂非懂出将入相,光宗耀祖
人到中年,白发丛生
老父久卧病床,夜听
锣鼓声一遍又一遍响过
鞭炮声催促。近邻亲朋齐贺喜
台上的神祇一派肃穆

蛙 鸣
◎ 许军

源于大地辽阔的心中
此起彼伏
像有力的心跳

满天星光
使村庄里上演的这场夏夜音乐会
格外生动

银色月光下
大地起风了
每一寸土地,每一颗平静的心
都被反复地拍打与安慰

潮水一样的蛙鸣
抬着我的小村庄
四处梦游

室 韦
◎ 李建田

一只鹰,游荡在
细碎的云朵下,复杂的轨迹
有时比风声快,有时比云朵慢
却一直顺从行云流水
鹰爪紧紧弯曲着,犹如锋利的铁钩
保持着扑向大地的姿势

鹰掠过额尔古纳河
几只觅食的江鸥,正上下翻飞
从凌乱弧线中,你可以感觉到
江鸥内心的犹豫,它们既想钻进
翻滚的波涛中捉鱼,又怕天上的鹰
俯冲下来叼走自己

河岸边,潮汐起起落落
几头金色的麋鹿,在饮水

夕阳殷红的光，从鹿的犄角上渗出
又无声地沉入沁凉的河底，此刻
你无法理解，流水为什么湍急地
吸取着暖意，寂寥中只有风抚慰着
残余的树叶及草木仅有的繁华
河面上漂泊着渔船，船头没有人
避寒的达斡尔渔夫，早已躺进船篷内
打盹去了，河的右岸显得虚幻
那是俄罗斯远东奥罗奇村
几栋散落的木克楞
飘着袅袅的炊烟……

雕刻者
◎ 郭建芳

我退到时光的背后
静下来，屏住呼吸
听雷声轰鸣，雨声凌厉
爱情喑哑失去水分
一些发光的事物
变得更加柔软

骨髓里的火焰喷薄而出
无论昼夜还是四季
都有子母刀雕琢过的痕迹
一些孤独被冲上沙滩

丛中的花蕾被一次次放逐
又被黎明的微光再次缅怀
一些事物注定
会比时间更加深刻、更加有力

断 章（三首）
◎ 鹤轩

[他 们]

他们，在行走
他们纯洁、道义、谦卑、自私、贪婪、罪恶

他们，是我

[时 光]

我伐倒树木
制成枪托
我像一粒飞翔的子弹
寻找相框与棺木

而现在
我在栅栏内
戴着枷锁，制作
佛珠

[眼 镜]

刚开始戴近视镜
之后是有色镜，老花镜，放大镜

最后，我放弃了察言观色

谁在叫我（组诗）

◎ 华子

[第一次看海]

没见过海，
但我知道海水的咸涩，
知道盐的威力，
谁的辛酸愁苦到它那儿，
都是沧海一粟。

四十九年来，
我一直保持穷苦人的习惯：
在汗滴里囤盐，
在眼泪里囤盐，
在血液里囤盐，
在白纸上囤盐，
在梦里囤盐，在盐里囤盐……

期待有一条六月的大河，
稀释掉我一生悲愤的盐粒，
化作一座大海。

在地球上到底兜了多少圈子？
在胸腔里到底浪费了多少墨水？
这次我终于见到了大海，
在印尼巴厘岛海神庙。

像面对神交已久的老友，
我平和地微笑，
它却忍不住在我四十九年的身世面前，
惊涛骇浪地痛哭起来。

我最终没有说出来，

这只有我自己听得到：
我身体里平静的盐粒，
在异国他乡掀起了大海的声音。

[谁在叫我]

谁在叫我？环顾四周，
人海茫茫，无人驻足。
像面对平原或空谷，
我大声应答，
想确认一下有无回音。

独坐书桌前，扫视
包围我多年的四面书墙，
本本书竖颈直立，齐刷刷看着我。
谁在叫我？但实在记不起
我与哪本书的作者有过今夜的约定。

清明祭坟，太阳照着墓园，
生死也都是日日新。
谁在叫我？
我不张望，也不应答，
默默地烧纸，叩首，
我听得出亲人的声音。

[鸟儿的早市]

天还没亮，众鸟就在我窗外的
树林里赶集。它们的声音
是细碎鼎沸的银两，彼此
热烈地寒暄，议价，成交，
甚至完成了与我梦境的置换。
我起身翻寻自己昨天的声音和行囊，
我拿什么与新的一日交接？
我拿什么与我的新爱相见？

活着，像勇气（三首）

◎ 张牧宇

[夜宿峨眉金顶]

俗世的尘埃和呼吸被带到离天庭只几米的
舍身崖。今夜，我要睡在
神的下铺。风吹着高山上的草木，
吹着飞檐翘角
吹着映下我秉烛夜读的窗棂。
一声鸦叫，仿佛有神在起夜。

[珍重]

清晨，我吃下蜂蜜，南瓜
一颗剥至内心的软籽石榴
甜蜜填补了破碎的现状

成熟之物令秋天的喜悦
在人间扩大
我看到你又出发了，行程给予你短暂的恍惚

我穿过城市
田野饱满到开始荒凉
风中流动的光线，将影子重叠又拉长
至山脚下，风吹不动了
寺院在半山处，暮钟刚刚响起

[活着，像勇气]

消失的正是我忍着的慌张
午后的光线那么强烈，把这一刻
落泪的情绪逼回体内

当我抬起头
树上的叶子落得差不多了
我体会的中年
正在身体里回旋，汹涌

"当初十个人，现在剩下我们六个"
活着，像勇气
每一天都是新的，傍晚来临时
白昼开始变旧。此时正好
无酒，有月光和星辰

[握着时光的恩赐]

将来我也会老成母亲这样
记忆减退，逐渐像个幼儿
不会自己走路，吃饭
只记得最初学会的称谓
一刻也离不开人

像看护孩子一样，欣然接受她喊我
妈妈，姐姐
握住母亲的苍老，如幼儿般的依赖与脆弱
用我的饱满，旺盛，弹性的胸膛
抵御母亲的无助、恐惧和哭泣

我们紧握着手，握着时光的恩赐

虚无让我成为一棵树（三首）

◎ 王太文

[把它寄往生命之外]

在生活中，我少言寡语
我把另一些话，说在纸上
像书写一页页信
把它寄往生命之外
寄往未来
让未来的人，陌生的人
听到我说的话
让他们知道，我的沉默
怀着爱，早已活在未来

[虚无让我成为一棵树]

母亲领我走出童年，走向青春
青春领我走向孤独
孤独领我走向智慧
智慧把我引向虚无
虚无让我成为一棵树
紧抿着双唇
一棵树站在人间
有多少疼痛
我一无所有，我洞悉微毫
我的树干越来越粗壮
我智慧的树冠遮天蔽日
同时，我默默等待着
人间的锯齿，时间的刀

[我的沉默并不减损，人间的喧响]

不少我这一个人的
声音
我的沉默并不减损
人间的喧响
我的沉默急于加入
荒野的寂静
让一只蛐蛐的
鸣叫，更加清晰

观一了画作

◎ 余子愚

我看见了无
仿佛回到了生物起源的时刻

我看见飞禽翱翔于天空
你可称其为凤凰，或者野鸡

我看见池塘，一汪无穷无尽的大水
无数只水禽游动，黑色的天鹅或者野鸭

我看见两棵大树，巨大的树冠
树身长满眼睛，一只长着猫头的鸟蹲在枝头

我看见的一切都没有被命名
都是本原的，活生生的存在

我没有看见我
没有看见任何一个人

帽子（外一首）

◎ 杜剑

我想给自己奖励一顶帽子。
我从《楚辞》里偷来金丝草，从《诗经》里
偷来蔺草，从唐诗宋词里偷来龙须草，
南特草，黄草，蒲草和溪草。
还从金国盗得一把麦秸。

我用单结，双结，百结，正反结的手法，
用一根藤草穿越铁石心肠的溪流。
而藤草再也回不到它水草丰盈的故乡。
它把星空下的鸣唱，异乡的母语，
镰刀收割的刀锋，火焰燃烧的痛，以及
蓝色月光，一同奖励给我。

[清 明]

每年清明，我们备好酒菜去看望
那些与树木荒草居住在一起的亲人

有一次父亲指着一个山坡说
这里风景很好
我知道父亲的心思

后来我每次路过这个山坡
都陷入沉默，甚至不再看它一眼
只有春风依旧
吹了一遍又一遍，草木是更繁盛了

古老的家训（外一首）

◎ 鲁川

在这个世界上　没有什么不可以忘记
也总是有什么　可以铭记
比如名著　比如经典　比如家训

家训是深埋骨子里的遵循
是年年春风　引领着迷失的花朵
是一生中　唯一可以板着面孔的座右铭

从祖辈的说教　长衫　祠堂
以及代代青山忠骨浇灌下　传延的家训
与每一个家庭根深蒂固　血脉相连

在家训中　下跪　洗礼　沐浴　祈祷
青烟缭绕　熟稔做人的道理
上敬苍天父母　下育后辈子孙

肝胆相照
既有马背上的家国情怀
又有丝巾里的儿女柔肠

[家风的熏陶]

无须用颂词　喂养
它们有着谷禾的原汁　火焰的神圣　黑暗的
穿越

一如晨雾　一丝丝凝结
又如旭日　一点点扩散
这是宿命　图腾　坚贞的力量

在其笼罩下

山川　田野　河流　村舍
暖风熏陶　古朴笨拙

从这里走出的人们
博爱宏大　独善其身

在锦里，画父亲

◎ 陈贵根

在锦里。我寻找一个画师
我请他画我的父亲
那年父亲像一阵风走了
没留下任何痕迹

我们痛悔不已
虽然在那个贫穷的年代
虽然父亲也常常走进我的梦中
虽然我也依稀记得父亲的模样
每当想念父亲时
我就会痛骂我和我的哥哥姐姐
都是不孝之子
我就想给父亲画一个像
大姐说，父亲是丹凤眼，总是慈祥和善的眼神
大哥说，父亲的额头宽阔，有三五条深深的抬头纹
二哥细述，父亲的嘴唇有些厚，不善言辞
右下巴上有颗圆圆的肉痣
小姐姐回忆父亲的胡子有些短，很粗
总用两个硬币夹胡须……

画师是个大胡子大背头
在锦里画了几十年的头像
他细细听着我的述说
心中想着我父亲的形象
好像他是我父亲的儿子，而我不是
他认真画着我的父亲
父亲的形象在他画板上
慢慢复活了

我仔细端详着
迫不及待地用手机拍下
传回了老家
不一会儿
电话那头传来母亲唏嘘的哭声

多棱镜
Multi prism

· 瓜亚基尔 2020 国际诗歌奖颁奖词 ·

沿吉狄马加的想象去旅行

◎ [厄瓜多尔] 奥古斯托·罗德里格斯

很少。在我国和世界这边，对中国诗歌了解甚少。我们的印象是，中国是个遥远的地方，我们只知道它的名字，知道一点它的美食（不切实际），某些电子和不同种类的产品。因此，了解和阅读像吉狄马加这样的诗人是重要的。阅读并近距离了解他的诗歌，为我们提供活力、沉默、节奏和意象是重要的。

很幸运，我们阅读过一些中国古典诗人。无疑，他们的轻盈令我们惊奇，他们的形象好像是从自然和生活多彩的明镜中选取的，任我们在其想象中遨游、航行、飞翔。对于"手术室丛书"，对于厄瓜多尔，尤其是瓜亚基尔出版社来说，出版吉狄马加题为《从雪豹到马雅科夫斯基》的诗集，是一种荣幸。在新冠病毒、死神和瘟疫肆虐的日子里，阅读它如同闻到一缕暖人的芳香。

吉狄马加是一位成熟的诗人，他不怕面对人类的重大题材：痛苦，生死，时间，爱情。他热爱祖国是显而易见的。有一首诗说的是他的河流，他的城市，他的氛围。阅读这位诗人使我想起聂鲁达，想起他的《元素的颂歌》和《船长的诗》。我们可以将吉狄马加的诗歌分成三部分，第一部分是对祖国和生活中普通事物的热爱，第二部分是社会和政治承诺，第三部分是对生活中重大题材的贴近和对死亡的思考。在第一部分中，有些诗反映了诗人面对祖国的河流湖泊、大地天空的目光，请看《致祖国》的片段：

我的祖国
那优美的合唱，已经被证明
是五十六个民族语言的总和
离开其中任何一位歌手的参与
那壮丽的和声都不完美

就如同我的民族的声音
或许它来自遥远的边缘
但是它的存在
却永远不可或缺
就如同我们彝人古老的文字
它所记载的全部所有的一切
毫无疑问，都已成为
你那一部辉煌巨著中的
足以让人自豪的不朽的篇章
我的祖国，请原谅
我的大胆和诗人才会有的真实
我希望你看中我们的是，而只能是
作为一个人所具有的高尚的品质
卓越的能力，真正摒弃了自私和狭隘
以及那无与伦比的，蕴含在
个体生命之中的，最为宝贵的
能为这个国家和大众去服务的牺牲精神
我的祖国，我希望并热忱地期待着
你看中我们的是，当然也只能是
我们对你的忠诚，就像
血管里的每一滴鲜血
都来自正在跳动的心脏
而永远不会是其他！

我重复一遍：吉狄马加不怕在诗中议论最贴近的事情，重大的事情，人类的重大冲突。他给形象以自由，就像放飞伊甸园角落里的鸟儿。为了纯洁透彻、沉浸在他的国家和时代的血液里的诗歌，他不怕请求理解和原谅。优秀的诗人，尤其是真正的诗人不怕死也不怕指明。他们愿意指明，说明远方，说明世界的空洞。记得我们为何物，人就会变得没有皮肤，没有骄傲，没有心灵。在这本书中，有许多有意思的诗篇，其中一首是致敬伟大的曼德拉的，还有一首是写给伟大的西班牙诗人的，题为《寻找费德里科·加西亚·洛尔迦》：

我寻找你——
费德里科·加西亚·洛尔迦
在格拉纳达的天空下
你的影子弥漫在所有的空气中
我穿行在你曾经漫步过的街道
你的名字没有回声
只有瓜达基维河那轻柔的幻影
在橙子和橄榄林的头顶飘去
在格拉纳达，我虔诚地拜访过
你居住过的每一处房舍
从你睡过的婴儿时的摇篮
（虽然它已经停止了歌吟和晃动）
到你写作令人心碎的谣曲的书桌

吉狄马加在诗中为我们奉献了多姿多彩的美丽宝石，体现和平、爱情、痛苦、忧伤，对生命和对死亡的伟大承诺；这本书中有些诗篇是对未来生活、对死后生活、对主宰我们梦想的生活的真正颂歌。例如，我想引述的一首题为《如果我死了……》的诗：

如果我死了
把我送回有着群山的故土
再把我交给火焰
就像我的祖先一样
在火焰之上：
天空不是虚无的存在
那里有勇士的铠甲，透明的宝剑

鸟儿的马鞍,母语的盐
重返大地的种子,比豹更多的天石
还能听见,风吹动
荞麦发出的簌簌的声音
振翅的太阳,穿过时间的阶梯
悬崖上的蜂巢,涌出神的甜蜜
谷粒的河流,星辰隐没于微小的核心
在火焰之上:
我的灵魂,将开始远行

吉狄马加是一位带我们和他的诗歌一起旅行的诗人。他是一位掷地有声的诗人,一位爱和梦想的诗人,一位有对自己的时代和身边现实有承诺的诗人,一位像博尔赫斯一样为老虎画线条并赋予我们灰色和多彩梦想的诗人,一位指明、刺伤、显示痛苦的诗人,一位保存诗歌珍贵品质的诗人,这便是诗行之间的沉默,不同意象之间、爱与远方之间的呼吸。是一位无所畏惧的诗人,敢于冒险的诗人,开拓可能性的诗人,为他的祖国和世界建造桥梁的诗人,他愿用语言沟通世界,改造世界,并将这些语言带到我们最隐蔽的梦中。他不愿隐藏任何东西,因为像他这样真正的诗人,就是要说明一切,展示一切,毫无保留。

鉴于上述这一切,我们将瓜亚基尔 2020 国际诗歌奖授予你。诗人吉狄马加,兄弟,欢迎你的诗歌,我们阅读你,祝贺你。生命万岁!你美丽的中国万岁!你的诗歌万岁!

· 相关链接 ·

诗人吉狄马加获瓜亚基尔 2020 国际诗歌奖

中国诗人吉狄马加获得厄瓜多尔瓜亚基尔 2020 国际诗歌奖,这是该奖首次颁给亚洲诗人,作为一项面向世界的国际性诗歌奖,该奖曾先后颁发给过阿根廷诗人胡安·赫尔曼(Juan Gelman)、美国塞尔维亚裔诗人查尔斯·西密克(Charles Simic)、美国犹太裔诗人杰克·赫希曼(Jack Hirschman)、智利诗人豪尔赫·爱德华兹(Jorge Edwards)等重要诗人。颁奖词认为吉狄马加"在诗中为我们奉献了多姿多彩的美丽宝石,体现和平、爱情、痛苦、忧伤,对生命和对死亡的伟大承诺……他是一位掷地有声的诗人,一位有爱和梦想的诗人,一位对自己的时代和身边现实富有担当的诗人,一位像博尔赫斯一样为老虎画线条并赋予我们灰色和多彩梦想的诗人,一位指明、刺伤、显示痛苦的诗人,一位保存诗歌珍贵品质的诗人,这便是诗行之间的沉默,不同意象之间、爱与远方之间的呼吸。一位无所畏惧的诗人,敢于冒险的诗人,开拓可能性的诗人,为他的祖国和世界建造桥梁的诗人,他愿用语言沟通世界,改造世界,并将这些语言带到我们最隐蔽的梦中"。

向河流、高山和大海的致敬

——瓜亚基尔2020国际诗歌奖致答词

◎ 吉狄马加

毫无疑问,今天对全世界而言是一个艰难的时刻,肆虐全球的病毒还在许多国家漫延扩散,置身于这个星球,生活在不同地域的人们,都在为人类当下面临的困境以及明天的不确定性而满怀痛苦和忧虑。是的,这不是一个轻松的话题,而是一个令所有的人都感到无比沉重但还必须要去面对的现实,从每天大众媒体的报道我们会很快知道,感染和死亡的人数仍然在快速地增加,正如我们所知道的那样,这并不是一场传统意义上的世界性的战争,它却在多方面从根本上改变了我们的生活以及这个世界原有的风貌,这不是发生在局部的某种变化,而是从整体上动摇了原有的国家间、地缘政治间、不同经济体间的最为基础性的关系,旧的规则正在失去其效力,新的规则尚待取得共识和确立,不管你是否能接受和承认这个局面,当下的这种特殊境遇,无疑是人类正在经历的一场风险巨大的考验,绝非是我在这里危言耸听,这一考验的最终结果,将直接关系到人类世界的命运及其前景,从根本上讲这个结果将深刻地影响人类的未来和发展方向。纵然人类历史的发展从来不是一帆风顺的,花样翻新的战争,形形色色的灾难,如影随形一直伴随着我们,最让我们不安的是在这个人类陷入困境,绝望和希望共存的时候,在一些国家和地区,排他主义、新法西斯主义、种族主义、恐怖主义等反人类反理性的行为频繁出现,一些政治利益集团为了一己私利,不惜动用国家力量操弄政治,编造虚伪的谎言图谋挑起人类之间的仇恨和对立,当然,同样也在这样的时候,在这个地球不同的地方,我们看到有千千万万的人仍然坚守团结、公正、平等、合作的原则,捍卫和尊重联合国宪章及国际法，保护我们赖以生存的环境和生态，致力于消除贫困和维护人的基本权利，把推动和平反对战争，进一步促进不同文明的沟通和对话作为神圣的责任，或许正是因为我们真切地看到了这个世界不可抗拒的共同意愿，我们才对人类的明天抱有足够的信心和期待。

无须赘言，打破障碍和壁垒，跨越海洋和大陆，把美好的礼物奉献给他人，我以为在任何国度和民族中都是慷慨的善举。为此，我要由衷地感谢地球另一端的赤道之国厄瓜多尔，感谢我诗歌精神上的另一个隐秘的源头——伟大的生长诗人的拉丁美洲，感谢你们把本年度如此珍贵的这个奖项颁发给我，我非常高兴能成为胡安·赫尔曼（Juan Gelman）、查尔斯·西密克（Charles Simic）、杰克·赫希曼（Jack Hirschman）、豪尔赫·爱德华兹（Jorge Edwards）等这个队列中的一员，这是我的荣幸，谢谢你们。作为一个诗人，为了表达感激之情，还有什么比致敬的语言更真挚和合适呢。厄瓜多尔，请接受我的致敬。

向你致敬不是你丰富的单一，而是你整体的有机的多元，是你在精神上的单数和复数的统一，然而最让人惊奇的是，在一千倍的复数中也能找到第一个单数。祝愿你的花园除了有彩色的气球，还有糖果，老人和孩子，永远听不见枪声。

向你致敬不仅是因为你有浩瀚的大海、雄伟的高山和广袤的腹地，而是因为在钦博拉索山的最高峰，那玛雅人五月的太阳，以黄金和巨石在第四维空间的裂变，让每一个还存活在今天的部落，都能感受到那亘古不变的火焰的温暖。但愿这一切，不只属于当下，更重要的是还属于遥远的未来。

向你致敬不仅是因为你有波澜壮阔的亚马孙河，而是因为河流以唯一的方式，从古至今成为你的人民反抗一切暴力的象征，让消失的时间像一只狂暴的美洲豹，从喉咙里发出红色的声音，让自由和正义在你未来的每一天都成为如期而至的晨曦。但愿在灵魂的深处，对自由和正义的尊崇，永远不会改变。

向你致敬不仅是你能用西班牙语告诉这个世界，你的国家有一句闻名于世的格言："上帝，祖国和自由。"还因为在克丘亚语的疆域，你能通过一个词的核心进行另一个精神的世界，再一次唤醒睡眠中的星星，以及那些早已灭绝的鸟儿。但愿这个古老的语言，比地球要活得更久。

向你致敬不仅是你天空的神鹰二十四小时昼夜都在守护着母亲的身躯，让加拉帕戈斯群岛黎明的曙光如同每一个正在热恋之人的眼睛，更重要的是你还有比生命和死亡本身更刻骨铭心的诗歌，有奥斯瓦尔多·瓜亚萨明那些悲天悯地的绘画，这位人之子从生到死，都站在了穷人和他的种族印第安人一边。但愿他的悲悯和爱能千百次复活，其实我知道这个人从未离开过我们。

厄瓜多尔，我祝愿你的一切比历史更新，比现实更远，比未来更近，祝愿你的人民伸出的双手已经握住了希望和明天。谢谢！

大诗的复归与人类的希望

◎ 邱华栋

大诗或曰长诗,一直是卓越的诗人追求的写作巅峰。

我个人更喜欢大诗这个概念。长诗往往只是形容一首诗的长度,但大诗,则在概括一首诗内容的博大丰厚和体量的雄浑庞伟。我们很容易扳着指头数出一些现代杰出诗人所写下的大诗:

T.S.艾略特的《荒原》、奥克塔维奥.帕斯的《太阳石》、巴博罗·聂鲁达的《大地上的居所》、马雅可夫斯基的《穿裤子的云》、阿赫玛托娃的《安魂曲》、庞德的《诗章》、沃尔科特的《奥梅罗斯》、卡赞扎基斯的《新奥德赛》、威廉·卡洛斯·威廉斯的《佩特森》(四卷)、塞弗里斯的《画眉鸟号》、埃利蒂斯的《理所当然》等,这些大诗,篇幅短的有数百行,长的则有数千行乃至上万行。这些著名的大诗,在语言的精微性和复杂性上,在诗歌篇幅的长度、内容的厚度和表现的难度上,都有诗学意义上的绝佳呈现,是以语言为生命的诗人在文明层面上的最高表达。

上述这些大诗人所写下的大诗,有的偏重于叙事,承继人类史诗的原型故事元素,如卡赞扎基斯的《新奥德赛》,就是对遥远的史诗《奥德赛》的当代回音;沃尔科特的《奥梅罗斯》也是这样,它还有一个副题叫作"安德列斯群岛:史诗片段"。威廉斯的《佩特森》更是以四卷的篇幅,诗性呈现美国一个小镇的人类学意义上的史诗景观,拓展了"史诗"在当代英语诗歌中的形式感和内涵。塞弗里斯的《画眉鸟号》也是对希腊神话的应答和回声,埃利蒂斯的《理所当然》更是在古希腊和古罗马神话元素和史诗传说中寻找到了现代意识的接口,带给我们20世纪的最新诗意。

有的大诗长于抒情,如聂鲁达《大地上的居所》,激情澎湃,气势恢宏,感情的力量如滔滔江河顺流而下，将读者裹挟其中，一览无余。有的大诗文体十分复杂，如艾略特的《荒原》，它是叙事、抒情、寓言、哲思的结合变体，呈现出英语现代诗概括人类境况的丰富性和可能性。有的大诗，具有高度的形式感，如马雅可夫斯基的《穿裤子的云》，阶梯诗的节奏和造型，将俄语诗歌带入到一个全新的境界。

有的大诗，有着极其丰厚的文化人类学、神话学的内涵和背景，如帕斯的《太阳石》，是建立在阿兹特克文明和神话传说之上的当代表达，贯通古今，勾连起西班牙语现代诗古老的文明精神的源流，开启了一代诗风。有的则深入到当代人的精神处境中，描绘一个时代的精神图谱，如阿赫玛托娃的《安魂曲》，将俄罗斯人沉郁的精神境况和个人悲剧体验结合在一起，成为一个时代的灵魂画像。

中国新诗百年史中，也有一些诗人尝试写下了长诗或大诗。我们比较熟悉的当代诗人的作品，有海子的《太阳·七部书》，可惜，全稿并未完成，海子就身死了。台湾诗人洛夫的《石室之死亡》和《漂木》可以说是他的大诗代表作。因此，仔细梳理总结汉语百年新诗史中的大诗或长诗的成败经验，也是很迫切的事情。因为大诗的写作，是一个诗人写到一定时候的写作高度的体现，是诗人诗艺的最高水平。可能有的诗人一辈子都写不出一首大诗，就是由于其气势、气魄不足够，生命体验和知识准备不充分的原因。

当代诗人中，吉狄马加近年来接连写下多部长诗，如他的《雪豹》《不朽者》《迟到的挽歌》《献给妈妈的十四行诗》《大河》《致马雅可夫斯基》《献给曼德拉》等，有近十部之多，构造出他宏伟的精神世界，呈现出别开生面的大诗气象。大诗，往往是一个诗人一生凝思，并通过相当大的篇幅，来呈现生命状态和语言瞬间碰撞出的火山喷发般的巅峰表现，有时候，大诗杰作的出现，甚至是灵感乍现、失不再来的。

《裂开的星球》是吉狄马加的一首近作，是一首可遇不可求的大诗。它发表在《十月》2020 年第 4 期上。这首诗有四百多行，主题深广，切近当下全球新冠疫情或后疫情的世界境遇，这是中国诗人最为难能可贵之处，就是对当代世界境遇问题的回应。在全诗中，他的深切关怀和不断追问，带给了我们对人类命运的思索；这首诗气势恢宏，意象繁复，宛如长练当空舞，又如滔滔江河一往无前，读下来，唤起了我当年阅读奥克塔维奥·帕斯的长诗《太阳石》、聂鲁达的长诗《马楚比楚峰》的新奇感和恢宏博大感。这在我阅读汉语诗歌的经验中，是非常少见的。

吉狄马加这首大诗的出现，显示了他远接人类各民族史诗的伟大传统，近承 20 世纪以来现代诗歌的大诗传统，既是史诗的当代变体，也是大诗文体在汉语诗歌中的强劲再生，是中国新诗百年史中出现的令人惊喜的收获。

阅读任何一个诗人集了他大半生生命体验和文化经验所写出来的一首大诗，我们都应该抱着敬畏的心情来对待，净手、静心是必须的。大诗或曰长诗的写作非常耗神。我还记得，我上大学的时候写过一首二百多行的长诗，当我写下了最后一句的时候，我已经耗尽了精气神，几乎要晕倒了。大诗的写作过程中，诗人的精神处在高度紧张的状态里，要消耗巨大的能量和氧气，是一个人的生命体能的耗散,非常费神。而诗人是语言的炼金术士,是语言的打铁匠。对于诗人来说,每一行诗、每一个字,都是殚精竭虑的,要反复锤打的,是非常用心用力的。因此,大诗并不好写。相对于长篇小说的叙述松散度来说,长诗或曰大诗,其写作的质量就犹如中子星的密度,在极小的篇幅和体积之内有着极大的质量,仿佛一立方厘米的体积,就能洞穿地球的表面。

面对吉狄马加的大诗《裂开的星球》,首先,我们可以从这首诗的形式和节奏上来感受它、接近它。每一首诗,都有自己的语调和呼吸节奏,诗歌的调性带有音乐性,这种音乐性是语言形成的。语言构成了音符的功能,帮助我们阅读和切分整部长诗的内在构成。我读《裂开的星球》,就找到了阅读这首诗的呼吸节奏。

按照我对这首诗所自然形成的山脉起伏般的节奏感,我把它分成七个部分,也就是七段。这是我自己阅读这首大诗的自然分段,也可能是这首诗的潜在结构。需要说明的是,吉狄马加并未加以分段,我是依照我自己的阅读体验,对内容本身形成的节奏感所划分。这就像是一条大河的不同的河段,共同构成了一整条河流一样。大河上下,有发端宁静如小河潺潺的段落,有宽阔平静的深河段,有激流跳荡的险段,也有蜿蜒曲折、回环往复的河段,最后,又收到一点之上,奔流如海。这些河段成为首尾相连的大河结构,成为一首诗九曲回肠的丰富景观。

那么,在《裂开的星球》这首大诗中,我看到不同语言中诗歌形式的集大成。有汉语律诗、英语十四行诗、阿拉伯悬诗、东欧合组歌、希腊箴言体、日本汉俳、波斯柔巴依、彝族神话史诗等多种语言中的诗歌形式的内化和外化,变形和重新组合,在这首长诗中都有呈现。这是吉狄马加对世界诗歌的多年学习,将世界诗歌的营养,融化到自己的语言和血液里的结果。

我所分段的这首大诗的第一段,是全诗的前十四行。可以把这第一段看作是一首十四行诗。起首四句是:

是这个星球创造了我们
还是我们改变了这个星球?

哦,老虎!波浪起伏的铠甲
流淌着数字的光。唯一的意志。

这四行诗也可以是四言绝句,也可以是一首柔巴依,也可以是箴言体,在全诗的结尾再度重复了一遍,完全一样,成为首尾相连、循环往复的生生不息的结构。这是我们理解这首大诗的关键。

在第一段的十四行诗句中,诗人用彝族的古典创始神话史诗《查姆》中对地球的形容,拉开了全诗的序幕。这使得这首诗具有了神话史诗的背景深度。在彝族史诗《查姆》中,人所居住的大地是一个球体,在这个巨大的球体上,四个方位,分别有四只老虎在不断走动,扯动了地球这个球体并使之转动,使得地球永不停息地旋转着,生生灭灭。这是彝族人对老虎的古老崇拜。在他们的创世史诗《查姆》中,太阳是老虎的眼睛,老虎的骨骼化身为大地和群山,老虎身上的毛发化为森林和草地,身上的斑纹演化为海洋,肠子变成了江河,毛发变成了植被。因此,地球是老虎幻化而成的。彝族人如此形容人类所居住的地球，显示了他们先天就具有和自然相通的理念，尊敬大自然，崇拜大自然。

吉狄马加对当代世界的真切关怀，在这首大诗的第一段十四行里，鲜明地点出了人类的现实处境。看吧，在不断旋转的球体之上，人类此刻的命运，正在被创世时代的老虎的双眼所注视，人类被善恶缠身，被病毒袭击，处于紧张的状态中。由此，这首大诗展开了它波澜壮阔的呈现，如同金黄的老虎的斑纹那样变幻多端，耀眼无比，同时，具有语言的高蹈气势。这第一段的十四行，宛如智者站在高处审视，并像宣叙调那样高声颂唱，引导出全诗的滔滔江河。

我把这首大诗的第二段，划分为约五十一行。从第十五行开始，一直到"但请相信，我会终其一生去捍卫真正的人权／而个体的权利更是需要保护的最神圣的部分"这两句为止。在第二段，我们可以看到，诗句明显变长了，就像是大河起源，从高原奔涌到一片高地海子的宽阔水面，像是从三江源抵达了青海湖一般。这一段，是对人类所处的新冠肺炎所导致的当下境况的描述，是病毒袭击人类，不断在一个个人类的居所、空间掠过的全景描述，是人类对病毒来袭的对抗性反映的描述，是对当下疫情后可能迎来的一个分歧和分裂的时代的想象性描述。

在这一段中，彝族古老的创世神话史诗《勒俄特伊》中的观念出场。在这首史诗中，曾说到人类创世的时候，有六种流血的动物，六种无血的植物，一共是十二种动物和植物，叫作"雪族"，构成了地球世界的基本生物。因此，人类和其他动物、植物都是有血缘关系的亲兄弟。从这种古老原始的彝族创世神话中对地球上动物和植物之间兄弟关系的基本描述，到现今全球化紧密联系的时代，这样的广阔的联系，让我们看到了古老的神话并未失效，甚至还有着鲜明的当代意义。

当前的世界，人类面临着核威胁、病毒威胁，全球化经济、文化发展极度不平衡、安全事务得到挑战、文化差异需要抚平，人类更需要通力合作，因为人类是一个命运共同体。我们曾看到在聂鲁达、帕斯和马雅可夫斯基当年写下的大诗中有着这样的关切，如今，在吉狄马加的笔下，这样的高度再度出现了。不同的是，吉狄马加站在了新的历史时间的节点上，站在新时代的维度上，对人类的共同境遇和命运进行了全方位的描述。这一段，是起首的宣叙调和十四行诗之后的铺排段落，是深化全诗主题的领衔段落。

全诗的第三大段，我是从"在此时，人类只有携手合作／才能跨过这道最黑暗的峡谷"开始算起。这一段起承转合，进入到人类如何携手合作，以及为什么需要携手合作，携手合作面临了什么样的困难，哪些困难，全部做了诗意的呈现。这一节的诗行约有三十八行，有两行一段的，也有一行一段，四行一段，更有七行一段，呈现了呼吸的节奏，对应人类诗歌史上各种表现形式的韵律、节奏和音节。我们能够看到吉狄马加高超的诗艺表现，他能将各种节奏和形式在这一段中融合起来。

我们看到，百年以来，人类在追求现代性过程中的很多面孔，本雅明、茨威格、但丁、塞万提斯、陶里亚蒂、帕索里尼、葛兰西、胡安·鲁尔福、巴列霍这些文化名人、巨匠纷纷出场，地理学意义上的地球景观缓缓拉开了幕布,从幼发拉底河、恒河、密西西比河到黄河,从欧洲到亚洲再到拉丁美洲,无数作家、诗人在百年大历史中,在人类追求现代性的艰难旅程中,对所处境遇的疾呼和承担,这一段得到了充分展现。吉狄马加认为,人类必须要携起手来,必须要互相沟通,必须要面对共同的困难,因为绝望和希望并存,因为"这里没有诀窍,你的词根是206块发白的骨头",也就是人本身,是最大的希望所在。人文主义精神是维系人类命运的绝佳骨骼,我们必须回到对生命价值的肯定,对人自身骨骼的构成——206块骨头这一全人类生命个体基本骨骼结构上,来看待我们现实的处境和未来的走向。

全诗的第大四段,是整部大诗的高潮部分,从"哦!文明与进步。发展或倒退。加法和减法。——这是一个裂开的星球!"开始,以每一小段两行长句子,一连三十三个"在这里"振聋发聩,气势磅礴。三十三行起首一致的诗行,整齐而恢宏,就像是连珠大炮一般,呈现出跌宕起伏、层层递进的风貌,让我们目不暇接,让我们在阅读的词语闪光的击打和喧哗的听觉中,体会到了诗歌本身所可能达到的语言风暴。第四段结束,整首长诗或者说这首大诗,在篇幅上接近一半。

随着诗行的铺排,我们看到了这首大诗不断给我们展现出作为命运共同体的人类境况。在这里,就是在这个分裂的星球上,世界并不是平的:

不仅有高山峡谷,高原平原,还有暗礁、岛屿和海沟、国际货币体系、巴西亚马孙热带丛林、手机上的杀人游戏、吉卜赛人和贝都因人新的生活方式、几内亚狒狒、人工智能、英国脱欧、南极冰川融化、海豚自杀、"鹰隼的眼泪就是天空的蛋"、粮食危机、马尔萨斯人口理论、纽约曼哈顿的红绿灯、玻利维亚牧羊人的凝视、俄罗斯人的伏特加、阿桑奇与维基解密、阿富汗贫民窟的爆炸、加泰罗尼亚人的公投、爱尔兰共和军和巴斯克分离主义活动、摩西十诫、中国的改革开放、瓦格拉和甘地的奋斗、世界银行与耶稣、社会主义与劳工福利、全球移民、希腊诗人里索斯在监狱里写诗、9·11时间、虚拟空间是实在界的面庞……全部纷纷涌现,同时空并置。在这个裂开的星球上,三十三个"在这里"的排比句,滔滔不绝,连绵不断。这一节一共七十多行诗句,一泻千里,将我们面对着的、我们身处其中的这个分裂的星球的状况,做了精微描述,有诗人吉狄马加对全球局势的忧虑和关切,更有他对中华文明的价值肯定和赞许,于是:

哦!裂开的星球,你是不是看见了那黄金一般的老虎在转动你的身体,

看见了它们隐没于苍穹的黎明和黄昏,每一次呼吸都吹拂着时间之上那液态的光。

这是救赎自己的时候了,不能再有差错,因为失误将意味着最后的毁灭。

我划分的这首大诗的第五段,是以四大段、一百三十六行的规模,逐渐增加着诗歌在结构上的重量,在语调上的加速度,在质量上的抛射感,在语言密度上的挤压和情感上的最终释放,这一段读起来让人喘气,让人目不暇接,让人头晕目眩。比如,以三十九个连续的判断句"这是——"来对人类境况

进行清晰的分析研判，最终，"哦，人类！只有一次机会，抓住马蹄铁"。

马蹄铁是让马蹄不再受损、减少磨损的保护用具。人类也需要保护自己的马蹄铁，这就像是某种难得的机会一样，人类并没有更多的时间窗口能够抓住保护自己的马蹄铁，只有一次机会，就看你能不能抓住了。

第六大段，是这首大诗的收束部分。在第四段、第五段大量的铺排、雄鹰高飞般的铺陈之后，我们尽享这首诗歌本身的语言的绚丽多姿，品赏摇曳无穷的词语盛宴和无上的思辨之光。我感觉诗人在写这些句子的时候，一定是瞬间生成的，是他生命经验和语言的瞬间相遇，是不可重复，失不再来的。这就是诗歌创作的最高秘密，诗人有着天籁般的语言，有着神秘的使命，能够将全部的生命经验瞬间和语言相撞产生的火花捕捉，加以定型。

全诗的第六段，以"是这个星球创造了我们／还是我们改变了这个星球？"作为这一节的起首两句，对全诗的主题进一步深化，这一节中，彝族创世史诗中出现的女神普嫫列依出现了，她有一根缝合受伤的人头骨的针和白色的羊毛线，诗人要求把它借给他，借以缝合裂开的星球。

第六大段八十多行，分为两大节，将这个星球的分裂和弥合的可能再度进行了展示，并导向了真正的希望，那是人类更大的希望：

"人类还会活着，善和恶都将随行，人与自身的斗争不会停止／时间的入口没有明显的提示，人类你要大胆而又加倍地小心。"

《裂开的星球》这首大诗的第七段，是最后的结尾，也是重新的开始，和第一段中的起首四句，是一样的：

"是这个星球创造了我们／还是我们改变这个星球？／哦，老虎！波浪起伏的铠甲／流淌着数字的光。唯一的意志。"

于是，经过了峰回路转、千回百转和波浪起伏，经过了豹子斑纹般绚丽的语言铺排和展示，在全诗收尾的这四行诗与起首的四行诗对应起来，形成了首尾相连、四百行的大诗成为一个循环的空间结构，并将主题再度强化，让我们看到了世界最终依旧在转动，那虎皮豹皮波浪起伏般的斑纹，流淌着宇宙内在规律的意志。这样的结构，也就是吉狄马加在向帕斯的《太阳石》致敬，帕斯以起首和结尾的六句完全相同，形成了拉美文化史诗循环的时间和空间，而吉狄马加以四句首尾对应，体现出这首大诗的从容和成熟。

《裂开的星球》这首大诗经得起反复阅读，也需要进行更多的阐释。这其中，注释也很必要。其包含的大量文化信息，以语言密码的方式高强度呈现，是一首可以不断进行解读的大诗。这首诗以全景观呈现、密集丰沛的意象、热切关切当下人类共同命运的视野，重申生命价值，展现中华文化内核，以黄金凝练般的语言，将心灵火焰和岩浆般的热情与古老史诗、神话相呼应，并内在地运用了人类多种语言中的诗歌形式，融汇构造成一首充满了人类呼唤未来希望的大诗，体现出继承和复活大诗传统的格局，为我们带来了汉语诗歌的新景象，可以说是一首罕与匹敌的、可遇不可求的杰作。

为灾难中的人类做出诗的代言

——读吉狄马加长诗《裂开的星球》

◎ 向云驹

吉狄马加的长诗《裂开的星球——献给全人类和所有的生命》（刊于《十月》2020年第4期）是他的最新诗作，也是这个世界的诗人在疫情期间写给仍然在疫情中挣扎的世界的最新诗作。自从今年初新型冠状肺炎疫情大暴发以来，虽然也有一波又一波汹涌的诗潮，但是在疫情后果不明、疫情走势不明、疫情性质不明的情况下，诗歌的肤浅、应景、瞬息性就不可避免。在疫情期间各种关于疫诗的议论中，可以看出，人们渴望诗人拿出力作把经历中的此一世纪之变予以诗化，而且对已有的诗作并不能够完全满意。问题在于诡异的新冠病毒为人类制造的麻烦一点也看不见结束的苗头，它的狡猾诡秘让人类不断瞠目结舌，不要说诗人失语失能，就是哲学家、政治家、战略家、医学家、经济学家、外交家、艺术家、媒体人、学者、律师，几乎没有不投入到对疫情的思考中来的，但是我们不是依然没有满足或者满意他们的言论，我们的思想依然像当前的疫情没有明朗一样深陷困惑之中不能自拔吗？随着疫情对人类的影响的深刻性日益显现，尽管病毒依然神秘诡异，一如世卫组织总干事谭德塞所说，新冠病毒诡异莫测远远超过人类的想象，人类医学远远没有认清它的真面目，我们的思想对疫情产生的影响也处在众说纷纭、莫衷一是之中。当然一些事实已经浮出海面：病毒正在飞速进化，而人类正在大步退化。

这个时候，谁能为人类代言？难道不正是具有预见和神谕的诗歌吗？人类的诗歌有过这样的功能史，人类也对诗歌有这样的期许。而我阅读吉狄马加《裂开的星球》后，我想，这正是我们等待的对疫情世界或世界疫情做出诗判断的具有神性诗意的诗歌杰作。

《裂开的星球》这个诗作标题就是当下世界经过病毒感染和疫情流行后的最本质的改变的语言抵达。这个世界原有的裂隙、分隔、区离、阻碍不是在疫情中得到缝合弥补，而是在不断加深之中；新生的断裂像地震一样瞬间撕开无数大口，东方与西方、文明与文明、制度与制度、国家与国家、意识形态与意识形态、种族与种族、人类与动物，越来越多的裂口被撕开。全球化的地球正在让每一条沟通和缝合全球往来的道路和关联都退化为分裂的伤痕。这个星球正在和已经裂开！于是诗人从古老的神话中找到天神的谕示。诗的开篇从讲述人类与地球的关系设问，到找出一个古老的彝族神话给出的答案。在古彝族的典籍、古歌、神话中，地球是由彝族的图腾老虎创造和推动的。这就是世界的起源（《查姆》）。这是虎的宇宙观，也是虎推动的地球。虎是彝人的图腾，确定的是人与动物的血缘关系。世界与生命、人类与动物这两对关系确定了世界的基本结构。当我们不能用科学的智慧和技能去解释神秘的新冠病毒的时候，或许回到古老的神启中才能知晓这个病毒带来的新世纪是为了什么又究竟是怎么一回事。"那永不疲倦的行走，隐晦的火。/让旋转的能量成为齿轮，时间的/手柄，锤击着金黄皮毛的波浪。/老虎还在那里。从来没有离开我们。/在这星球的四个方位，脚趾踩踏着/即将消失的现在，眼球倒映创世的元素。"世界的改变是由于"人类被善恶缠身"，天空在降低："智者的语言被金钱和物质的双手弄！"

后面的诗行包括了以下主题：战争，绝望，乱世，裂开，面对，危机，地球，缝合。

所有主题的展开都是诗式的展开。在战争主题中，诗人指出或者说认同人类此一次与病毒的遭遇和博弈是一场战争。疫情的暴发就是战争的爆发。是人类"惊醒了古老的冤家""数万年的睡眠"，然后人类自己又处于无处可逃的境地。这场战争是超乎寻常的世界大战——世界级的规模，震惊世界的烈度。它的性质有四：一是"一场特殊的战争，是死亡的另一种隐喻"；二是人类处于束手无策的绝境，人类东西方犹如左右手在互责，却不能制造挪亚方舟"逃离这千年的困境"；三是"古老而又近在咫尺的战争"，不是核战，又似历史反复上演；四是全人类的抗战，"人类只有携手合作/才能跨过这道最黑暗的峡谷"。这场战争如此古老又如此古怪，它和所有的死亡一样，足以令人绝望："哦，本雅明的护照坏了，他呵着气在边境那头向我招手，/其实他不用通过托梦的方式告诉我，茨威格为什么选择了自杀。/对人类的绝望从根本上讲是他相信邪恶已经占了上风而不可更改。"在绝望之际，诗人让古老的生命法则像一条大河一样注入人类命运的脉搏，他的诗句预言着我们的命运："哦！幼发拉底河、恒河、密西西比河和黄河，/还有那些我没有一一报出名字的河流，/你们见证过人类漫长的生活与历史，能不能/告诉我，当你们咽下厄运的时候，又是如何/从嘴里吐出了生存的智慧和光滑古朴的石头。"

在一定意义上，人类与病毒的战争是一个高于人类的宇宙法则在判断人类生存的是非。但是这场战争更复杂的性质在于它引发了人类自身的乱象和乱世。一个诗人对这个现实的诗判断跃然而出："哦！文明与野蛮。发展或倒退。加法和减法。——这是一个裂开的星球！"这个裂开的判断像打开了诗人想象和语言的闸门，由三十三个排比句式的"在这里……"如海啸般汹涌而来，撞击和淹没了读者全部的感官！他的典型句式是这样的："在这里电视让人目瞪口呆地直播了双子大楼被撞击坍塌的一幕。/ 诗歌在哥伦比亚成为政治对话的一种最为人道的方式。// 在这里每天都有边缘的语言和生物被操控的力量悄然移除。/ 但从个人隐私而言，现在全球97.7%的人都是被监视的裸体。"每一个"在这里……"句式都表征一种世界、星球裂开的状况，包括网络的悖论、都市原始人、被人类睥睨的动物、人工智能、脱欧的怪状、极地雪线上移、人口与粮食、动物濒危、玻利维亚危机、俄罗斯的白酒与诗歌、维基解密与阿富汗战争、加泰尼西亚人公投、中美贸易战、古巴和印度的全球化窘态、国际货币基金组织、社会福利与绝对贫困、恐惧的诗歌长大成树、纽约股市、被焚烧的5G信号塔、伽利略与杰弗逊（一个被焚、一个屠杀印第安人）、柏林墙的拆与美墨边境墙的建，等等。面对如此乱象与乱世，诗人发出了沉重的叹息："哦！裂开的星球，你是不是看见了那黄金一般的老虎在转动你的身体，/ 看见了它们隐没于苍穹的黎明和黄昏，每一次呼吸都吹拂着时间之上那液态的光。/ 这是救赎自己的时候了，不能再有差错，因为失误将意味着最后的毁灭。"他警告人类，死神正与全人类战斗，"一场近距离的搏杀正在悲壮地展开"。因为我们大面积、大范围、大规模地闯入了"人类禁地"，人类的狩猎和屠宰使"从刚果到马来西亚森林对野生动物的猎杀/无论离得多远，都能听见敲碎颅脑的声响"。但是，正在敲响的世纪警钟告诉我们："对最弱小的生物的侵扰和破坏/也会付出难以想象的沉重代价。"为了描述和状写人类自己使自己陷落的危急时刻，诗人再一次开启想象和比喻的天才之门，用急急如律令般的三十九个"这是……时候"的排比诗句，将上下五千年、纵横两万里的符号、信息、象征、历史、现实、现场、现在与彝族古老的祭司、神枝、黑石、牛角号、鹰爪杯、马蹄铁等神示意象相穿插、互喻、互文、并置，昭示着一场亘古未见的灾难正召唤我们的良知。"这是旁观邻居下一刻就该轮到自己的时候/这是融化的时间与渴望的箭矢赛跑的时候/这是嘲笑别人而又无法独善其身的时候/这是狂热的冰雕刻那熊熊大火的时候/这是地球与人都同时戴上口罩的时候/这是天空的鹰与荒野的赤狐搏斗的时候/这是所有的大街和广场都默默无语的时候……"这个时候，人类的选择必须回到地球的立场。诗人毫不吝啬自己对地球的神性存在和至美至善给予的讴歌。他再一次召唤彝族女天神："哦，女神普媜列依！请把你缝制头盖的针借给我/还有你手中那团白色的羊毛线，因为我要缝合/我们已经裂开的星球。"地球像人类的颅骨，它的裂缝，只有神授的针线才可以缝合。要解决人类整体面临的问题，从一个民族、一个国家、一个政党、一个制度、一个文明出发的任何救赎都是徒劳无功的。事实证明，人类恰恰在最需要团结的时候，令人震惊地空前地走向了分裂：互相甩锅、退群、群龙无首、内部撕裂、种族歧视、经济制裁、贸易壁垒、傲慢与偏见，人类似乎越来越不懂得"在方的内部，也许就存在着圆的可能"，"让大家争取日照的时间更长，而不是将黑暗奉送给对方"，"这个星球的未来不仅属于你和我，还属于所有的生命"。诗人最后重拾常识，把它们作为缝合地球和人类分裂的一根根针线，比如减碳、绿色、环保、救贫、就业、和平、平等、开放、创造、劳动、爱、施予、保护动物、共识、合而不同，等等。他把这些冷冰冰的概念和日常现实全部都转换成诗的叙事、诗的语言、诗的形象，让它们产生剧烈的视觉效果，建构起诗的想象空间。"我不知道明天会发生什么，但我知道这个世界将被改变／是的！无论会发生什么，我都会执着而坚定地相信——／太阳还会在明天升起，黎明的曙光依然如同爱人的眼睛／温暖的风还会吹过大地的腹部，母亲和孩子还在那里嬉戏／大海的蓝色还会随梦一起升起，在子夜成为星辰的爱巢／劳动和创造还是人类获得幸福的主要方式。"

《裂开的星球》完成于今年4月中下旬，那时新冠病毒还在肆虐，某国的"我不能呼吸"事件尚未暴发，中国的局部疫情反弹还未出现，病毒的狡猾和人类的进退失据都还在深化和一一展开中。如今，全球确诊跨越千万关口，死亡逾百万，而人类的团结似乎遥遥无期，裂开还在加剧和加速。在人们还存在普遍的困惑和深度的迷茫之时，这首长诗给予我们灵魂的震撼和惊悸。哲学家用深刻的思想揭示存在的本质，但是存在已经在本质上改变，所以迄今为止的哲学家（包括以"历史的终结"著名的美国思想家福山）都在疫情面前显得言说困难和不得要领。而诗人吉狄马加虽然没有集束的概念定义灾难、定义病毒、定义疫情、定义巨变，但是他用想象，用神谕，用意象，用情绪，用无边的比喻和联想，把我们带入宇宙辽阔的时空和人类多样的历史，用寓言启示生活，用神话预言未来，用死亡批判现实，用诘问考究我们的成见，用物种的起源昭示人类的命运。他反复追问的是："是这个星球创造了我们／还是我们改变了这个星球？"他让我们带着这个问题透视疫情的发生和后果，参悟不可预测的疫情结果，从而看透和洞彻整个事件的所有可能性。当然，这首名为《裂开的星球》的长诗，也是此一次亘古未见的人类灾难的一座思想的纪念碑和诗歌的墓志铭。

时光在碾碎时针
——致敬吉狄马加及其诗作

[叙利亚] 阿多尼斯

1

忧伤的字母,这今日世界的身躯,
其中时光在碾碎时针
在告诉日子:
"我和一颗星辰掷着骰子
我预言:药剂是否将成为疾病的诱因?
太空的邮差身披空气的丝绸
往返穿梭,它在传递什么?"

2

我在为万物披上面纱吗?然而,
我遮盖自己脸庞的
是爱情的纱巾?
还是神主的纱巾?
道路并非我的道路,步伐并非我的步伐
我该向一张面孔发问?

还是向一面镜子发问?
面孔何其少,镜子何其多!

3

此地或彼处,东方或西方
生命是否已成为臆想的迷宫?
天堂是否已将大门紧闭?

4

根柢,根柢的伤口,在字母的怀抱里
在呼唤和期待
对所谓"永恒"的叛逆

5

在死者和死者之间
还有人正在死去，为什么
杀手们遗忘了他的姓名？

6

我们终日劳作的痛苦书写的书籍
其中没有符号，没有音节
词语
在词语中繁衍
在荒漠中飘散

7

此刻，我信马由缰地翻阅，
目之所及皆是伤口：
星球在流血，被天启欺骗

8

灰烬在祝贺废墟
灰烬
忠实于自己的约定

9

诗篇能否拥抱存在
能否再次描绘存在的面容和皱纹？
诗的玫瑰在哭悼童年的朋友，在吟唱：
我只会凭借芬芳作战

10

大地怎么变成了一个声音
它只会道出自己的死亡？
天空怎么变成了一道血迹
在每一张脸庞流淌？

【作者简介】阿多尼斯，原名阿里·艾哈迈德·赛义德·伊斯伯尔，1930年出生于叙利亚北部农村。毕业于大马士革大学哲学系，后在贝鲁特圣约瑟大学获文学博士。阿多尼斯迄今共创作了50余部作品，包括诗集、文学与文化评论集、散文集、译著等。阿多尼斯不仅是当今阿拉伯世界最重要的诗人、思想家、文学理论家，也在世界诗坛享有盛誉。阿多尼斯对阿拉伯诗歌的影响，可以同庞德或艾略特对于英语诗歌的影响相提并论。阿多尼斯屡获各种国际文学大奖，如土耳其希克梅特文学奖、黎巴嫩国家诗歌奖、马其顿金冠诗歌奖、意大利诺尼诺奖、法国让·马里奥外国文学奖、挪威比昂松奖、德国歌德文学奖、美国笔会/纳博科夫文学奖、中国青海湖国际诗歌节金藏羚羊奖、上海国际诗歌节金玉兰奖等。

实验经纬

Experimental Poetry

[编者语]

　　西娅是一个追寻事物声音、气味和幻象的诗人。她擅长深入地理的语义空间去发现诗性，并且在物象与理象的关联之中，生发出蓬勃的智性和灵性。无论"雨戏"的整体性象征，还是"早晨"的时间意识，以及"气味"的多元化，诗人都注重自我生命意识在现实境遇中的打开。在复杂的生存现场，诗人始终保持了灵魂的低语，"内心独白"几乎代替了与人和自然的对话状态，所以西娅的诗歌的气味是一种审美的统摄，诗人几乎把所有对世界的理解建立在发达的嗅觉上，由此形成诗人西娅独特的表达路径和修辞风格，这样由嗅觉建立的精神空间，包括此在与想象，都具了人性、审美和历史时间的包容力，更由于西娅诗歌地理指涉的明晰性，日常性，让她的多思和困境成为语言生命的承载力。

　　得儿喝的诗歌偏重于记忆的怀旧感，同时偏重于心灵碎片的精心打磨。诗人打破新旧时空感，惊奇于人事与物的内在逻辑性，他的诗歌取向是经验的思想过滤，寓个人的见识于历史理性的观照之中，于短制和短暂中确立世俗的永恒性。他的诗歌明显地续脉了汉语的境界、优美和含蓄的美学传统。于平常中发现惊奇，于惊奇处展开平常心。他的诗语是开悟，有奇迹感，把伦理、道德的认知置于具体人事物的分析之中，所以他的诗歌尽管如片段一般，但一片枯叶的下落也有整棵树子的重量。（李龙炳）

朝向一个最后的完成式（三首）

◎ 西　娅

【作者简介】西娅，本名赵阳，税法研究生毕业，现居北京，葡萄酒行业从业人员。有诗歌散见于《扬子江》等杂志及网络。

[金陵的雨戏]

雨，也会不安，同我一样
会准备几套衣裳

它穿黑袍时，我躲着
乌鹊撕心裂肺地扑下来，黑羽毛散落一地

等它露出粗线毛衣，闯进屋的人
依然连喊苦涩，正像是卑微的呻吟

它一层层地脱，翻书页一般的渴望，押着我
等……

……生活滑落的每一件衣裳
都在朝向一个最后的完成式

只剩薄薄的一层雨了
只剩透明的，从青草到秃鹫的味道

它无衣可脱了，我才突然想起跑出门
寻找那些看似无情的声响

一场甘心放纵生命的剧本
这样的谦和，又会出现在哪里

[秦淮河的早晨]

从闷声中跳出野兔
晨风把河面的钝角铲成一小堆
穿平底鞋的姑娘扬起鱼骨扫帚
开始清洁了，开始工作了

媚香楼还在那里
那是她身体的花瓣
用短发丈量心脏
手抓的乌蒸饭像一把结实的锁
锁牢一整天的幻想
晚晴楼未走远，她的刀
是案板上情欲的索引，每一次落下
一捆竹筒就放开油腻的嗓门
贴补老书生的铜像

穿红裙的讲解员说：
"一块钱唱二十年的书，
不多不少五十元。"
"捎些隔壁的卤味回家，
撒上冬天的盐。"
两侧口袋叮咚作响

捂红的钥匙坐在青春的手里
她熟记每一个箭头暗示的布景
熟记布景的原貌，终点和代价

看她兜圈子
兜翻一团灵动的雾，我才知道
陵鱼的泪，为十里白墙挂满
影影绰绰的珍珠，驻足不前
就像封赏这里的冷箭

[气味]

都在赶路，比赴宴更急切
医院卸下经书的韵律
不浓不淡，是在指责谁的过失
气味把低处的赛道拉上去
我们又一次耗费体力
在美食城的入口

"309号取餐。"
盘子赤身裸体，可它分明
是微笑的太阳花，捧满油亮的种子
暴露在炭火前的指令逃离病房
把肉体浪费地还给肉体

治疗单起身献礼，它皮上的黑种子
被鸡汁馄饨烫出一连串红色礼帽
我们不曾背诵过亲人的临时姓名
陌生数字一组高过一组
无论有多么深爱
都将丢弃手中的取餐号码

年轻男子用水稀释了浓茶
他让步了，疼痛嘲笑他的怯懦
家庭成员翻看菜单，摆弄筷子

仿佛他们一直居住在篝火的边界
翻滚的烟雾把礼节变成哑巴
只有咀嚼越发任性："跟上。跟上。"

胃，在皮与骨之间
大得可以装下不断延展的台面
残余的阳春面被倒进输血管
用猎枪，黄金镊子，电闸
在夜里拯救无止境的禁区

看到新家，行李箱并不感到拘谨
蓝色脸盆和拖鞋压低了它
倘若明天失去耐心，它愿意缩小到
能够抵达任何地方，犹如水
愿意让晨光变得宽广

死亡的餐厅，只剩下堆高火焰的果木
滋味被分解在翻滚的汤羹中
变成湿答答的桌布，废牙签
半截收据，老花镜和错位的笼屉

按住最后的手背
像碾碎一把新鲜香料
那些古老气味不曾在布帘后停歇
却情愿与另一种孤单独处
于是跋涉，下跪，褪去衣饰
热气已经混淆了人群的面孔
当洁白的床单代表清香

山顶的兴旺
被欣喜与悲哀夹在中间
除了气味，谁也不足够疯狂
从死去的寄主身上找到后代
又从还阳泉的泥潭中回来

老艺术家的遗物（组诗）

◎ 得儿喝

【作者简介】得儿喝，本名肖鹏，吉林人，生于1967年，又叫白发樱儿。著有诗集《五十天明》（时代文艺出版社），长篇小说《山月如水》（与格致合作，时代文艺出版社）。

[大诗人]

其实那些大诗人
都是一只肢体生动的
小昆虫
他们的每一首诗
都是烈日下垂落的
一
滴
松脂

其实那些厚厚的诗卷
都是温润透明的一粒琥珀
千年之后
大诗人蹲在其中
栩栩如生

[表 征]

岩层底下棺木底下的蟾蜍还活着
庙宇廊柱底下的乌龟还活着

它们压抑地模仿着
大地的心跳和人群的信仰

[滕 姨]

春天，你蹲在窗台上杀乌鸦
然后种土豆
给老鼠崽儿喂下浸泡种子剩余的盐水

夏天你夸耀石榴，耳根酸麻，躺在门板上——
这么多年，你脚朝外，蹬着小花鞋
用肉乎乎的蝙蝠阻止我回故乡

[老艺术家的遗物]

几十顶帽子
几十套西装
几十双皮鞋
一把大提琴
几十瓶自己配制的补酒——
老伴挂在墙上
瘦骨嶙峋
像一根药材

[田 园]

我负责锦鲤换水
南瓜受孕

小白壮年自宫
想想它多有吠叫
亦能原谅

菜园多草
诗艺荒芜
我头枕卷册涎水明亮

[垂 钓]

点滴咕噜咕噜地冒着泡
那是死神的鱼浮

针穿在皮肤下的蚯蚓上

床的案板
鱼张着嘴

我也可以把点滴想象成檐雨
死神在浇豆苗
蓑衣挂在墙上

[故 园]

亡灵们又回来了
攀着大雨的琉璃绳

泥土下鲜艳肥硕的蚯蚓
豌豆花上的分币似的小蛱蝶
还有雨水里一只失神的羽毛凌乱的公鸡

亡灵们又回来了
为我们松散泥土
梳理太阳那稠密的光辉
分币似的小唱片在豌豆花上旋转！

故园始终没有死
它只是等待一场大雨抽醒它

新译界
Translation

[译者前言]

　　哈罗德·布鲁姆认为,阿什贝利的诗歌创作与惠特曼、狄金森、史蒂文斯和哈特·克莱恩一脉相承,当代美国诗人中,极少有人像他那样会经得起时间的考验。阿什贝利自己承认早期受奥登的影响。他旅居法国十年,又做了许多年艺术评论,超现实主义和抽象绘画可以从他梦境似的语言意识流中窥见。阿什贝利十三岁时,他唯一的弟弟死于白血病。他从法国返回,一个重要的原因是他父亲去世,作为独生子,要照顾母亲。他与母亲有着非常亲密的关系。他六十那年,母亲也去世了,在朋友的建议下,写了一首长诗《流程图》作为纪念。全诗二百多页,他后来对外界说,是自己最满意的,也是评论界认为他中期的结束,后面的创作为晚期。在此后三十年的创作中,阿什贝利一直在吸收着新的语汇,让自己保持开放状态;互联网的时髦词语巧妙地进入到他的作品中,早期的美国电影、流行歌曲和卡通人物,在他对时间、死亡和艺术的吟咏中俯拾即是,诗中的语调也更为轻松,句子如格言般简洁,像一位绘画大师,随意地往画面上泼洒色块。

　　我选译的作品,译自1992年出版的《洛特雷阿蒙酒店》和1998年的《不眠》。

约翰·阿什贝利晚期诗选

◎ [美] 约翰·阿什贝利 / 诗　[中国] 少况 / 译

[松松散散]

亲爱的鬼魂,在正午人群中
什么样的居所？我要写
一个小时,然后阅读
别人已经写好的。

你没有豪宅让这个在里面发生。
但你的历险如同藏身处,
你知道在何处停下另一种
秩序的历险,像把握住天气。

我们也被卷入发生的这一幕,

当我们一起说同样的短语:
"我们曾有过那些中的一个"
它像瞎蒙一样重要。

我们中的一个留在后面。
我们中的一个在桥上向前
像踩在地毯上。生活——它精彩——
紧跟着,然后落后了。

[还有遗忘]

我上次看见你,匆匆忙忙回来取东西时,

我们穿着卷尺,孩子们可以去看电影。

我浮现在那个背景里。老头不可思议地看着
　　大海。
总是脚来敲门,
不是那个时,便是某个东西或别的
忧郁。总是会有人觉得你恶心。
我喜欢用醉人的美味让你
脱离大部分兴趣,我们
相互交谈。以前起作用,这次
也会起作用。

在七号寻找那个奇怪的号码。你知道
我需要一个理由再乘船
下海。一个人如何做到这个?老头
看海回来,他的回答轻率。
不管是不是橡皮蛇,我最珍贵的倒挂金钟
在鱼缸里狂吐唾沫,所有的肩膀同时
开始支撑我。我们在一个客栈里旅行。
你要把一个苹果设计成什么样?

然后酒店的人们如此喜欢我们,
有可能是在一场暴风雨之前,我向后靠,
等风来吹我,它来了,一件我们
想不到的事情。我们可以在湖畔栏杆
旁边吃饭。某种东西不是赢得就是将
失去藏在这个箱子里的证据。
到处是鸰鸟——把那个变成"恋人们",毕竟
他们获得了法科和医科的学位,没人会坚持
在外景地追逐它们,那铺着沙子的路
我曾经在这里穿过。

这些日子,老头经常和我不谋而合;他说话
有点俏皮,妙趣横生,虽然它们不能
自圆其说。而我,我也有事情瞒着他:
一些没人应该知道的事情。

我肯定他们会以为我们现在准备好了。
我们没有,你知道。一个冰箱曾经在这里生长。
把唠叨给我,我会在盘子里装满曲奇,
因为它们可以,它们必须,传递。

[另一个例子]

我们的例子中,地球,
我们知道星形的宇宙:
区分,
　　某处,
　　　　七月街道的。
你是坐在一个桶里面
　　　　还是上面?
他们如何带我们过了栅栏。
那唯一的马遭到羞辱。

但它是不健康的,你说。
我们必须另有一个例子,
只要一个。

缺少的是窗户里的面孔,
很久以前消失的尖叫。
什么说要召回它们?

像纸蚂蚁那样被救活,
然后忍受永恒前漫长的真空,
仍然被允许在月台上
买些东西?

火车在掉头离开——
没有熟悉的引文。
来,把一些放在一个盘子里,他说。就是这样。

[一个人的诗]

约翰夜里进了城,
钟声敲响。
该死的船漏水。那么,我……
这很不寻常。

别介意,把那个碍眼的递给我。
他来见一个裁缝。
更多的我在运河上
并在知晓。

双胞胎拖拽着葡萄干和李子,
我的狗节奏,因为只要我们能忘记,
靠午夜破碎的鼓,
聚到一起,有了意义。

还要四处走走,聊聊。
然后都钻进了一辆小汽车,开走了。
它的尾巴是银红色的。
班卓琴在车里直立着。

一阵阵大一和大二的悲伤
不知何故从我身旁溜走。
我们现在老掉牙了,
完全搞不懂我们的生活。

它是在他说给我听的方式中,
在田地的中心,泥泞的
或在岩石上,让我们羞愧。
不仅仅是精神刺激,

在小空心下面,鸟儿爬行,
被请求给予宽恕。一些担心
它们会飞走。
到早晨,全被射入地狱。

[虚假礼貌的花园]

你在哪里?你在哪里是我唯一爱的事情,
而它总是避开我,像叶子中的丁香花,
太忙碌于仅仅一个回答,一个反驳。
上次我看见你是我们在一起的开始,随着
　白天的光线
保持不变,即使它们越来越短,
套上冬天的玩具。

在望着油漆晾干和青草生长之间,
我没有太悲惨的事情跟随着。
我有这个融化的灵丹妙药给你,大家
都去的音乐会第一排的票。
我应该
磨炼我的风格,擦亮我的皮肤,获得那种
至关重要的光芒,以便一些人
可以听见我在说什么,而其他人消失
在含糊不清的录音通知的一片混乱中。
那天发生了许多事情,

另外,不是纳税人,
他们是重要的,过来找我,
而是酒店的其他客人,
有人可以描述为陈旧,
中了风。少得可怜是一个不错的词用来描述
潮水在涌来和退下之间的流动,
如同谁在什么狭窄水道以后将
永远记住那些时候热切的观看,
犒赏和快乐。
马上是滑向大海,
极其自然地,作为该去的地方。

他们从未在意,再没来拜访。
但在大损失的帐篷里,
它也没关系。另外,我们不是
认真的,我应该补充道。

[眠 村]

呃，那么我们必须把它染了——

我想要无限期地留在这里吗?
我们有树木要修剪，密码要破译，
整个就是盲目地跑进夜——
她无法说出"鱼"这个字。痴呆的潜水艇
所残留的也取消不了他的基因。是的，阁下，
尼莫船长，阁下，我们已经看见了路前方的
垃圾。什么！我为自己消遣创造的那个痉挛，现在
它清楚地从裹着它的章鱼唾液中冒出来，
而我，一条地区铁路下方的支线，被怀疑持续时间的
咔嚓咔嚓声碾压，而我必须在这里立着，
一个表面的谜。外面，生活继续唠叨个欢，
像绣花的毛巾，也许会太虚弱，无法反对，
如果我们决定将野餐推迟到十一月。
我知道；路堤下方的拱门
是我所做的一部分。我也被断了挥霍无度的路，
在某个银色的年代，它目前已经迷失在信封的暴风雪里。
马具上的铃铛发出多么冷漠的声音！
我们只能做这些，去跟上傻瓜的脚踏车。

而在采石场的中立角落，
历史相同的作乐在把男人们的眼睛哄骗
进顽固的迷信。所以我们必须拿它开玩笑，
趁还有时间，收线，捞起我们捕获的，但微滴
在排水沟里爆炸。赌船带我们摆渡离开，
路过飞燕草，路过六角手风琴，再次看见了旧名字，
短暂地，在楼房布满尘土的门脸上。我

以为我们已经失去了你。没有，
我还在这里。
你想跳出一扇害羞的窗户吗?
渐渐地，一个人听懂了狐狸的恸哭：
没事，它冷静，

它们哈哈大笑。这只是一种植物，
它仅仅在下一次作数，
而我们戴着头部护目镜，穿着亮丽的吊袜带……我体内的
派对怪兽说让我们放肆，更冷静的头脑说跳水，
像一个青蛙跳水，当著名的夜晚快到来，
像一声叹息起泡的外表。

[乳白天空]

越来越明显地，教练员不会用他的，或我们的
方式处理事情——用一切曾经多么可爱难倒了我。
我们稳稳地站成一圈，
某个惊叹号盛开凋谢。
那头奶牛走过来，为亚麻
请求我们原谅。然后每个人都进入正典，
更多的船失踪了，更多的人在海上，一车猫眼石
从安纳托利亚带来霉运。洗一下，
就没了。不必再收拾房间，
袜子。

幸运的是，有一个裁判确保
行为编了码，一切都筛进火车
从不在意的网里，天边还有乐趣。
蓝调——我们有没有提起过？
那能量来阉割火星上的一切，除了没有生命之物，
那被接纳的，抓紧把手。

【诗人简介】约翰·阿什贝利（1927-2017），美国诗坛最重要和最有影响力的诗人之一，美国国家图书馆为他出版了两卷本的诗集，收录了从1956年的《一些树》到2000年的《在此留名》近千首作品，其中有著名的长诗《凸透镜里的自画像》、海伦·文德勒激赏的散文诗集子《三首诗》，以及阿什贝利本人喜欢的两百多页的长诗《流程图》——这是美国国家图书馆第一次为一个在世的诗人出合集。在新的世纪，阿什贝利又创作出版了《传话游戏》（2002）、《我将去何处游荡》（2005）、《尘世之国》（2007）、《星座图》（2009）、《简单问题》（2012）、《通风廊》（2015）和《群鸟的骚动》（2016）等诗集。

【译者简介】少况，1964年生于上海，1982年考入北京外国语大学英语系，1989年获得该校英美文学硕士学位，入职外国文学研究所。《新九叶集》诗人之一。现供职于一家国际企业，居住在南京。作品曾发表在《中国作家》《香港文学》《一行》和《飞天》等刊物上。另翻译有布罗茨基、阿什贝利等诗人的作品及小说巴塞尔姆《白雪公主》和理查德·布朗蒂甘《在西瓜糖里》。

子美逸风
Traditional Poetry

罗熠词选

◎罗熠

[鹧鸪天·骊山]

幕布高悬天一方，美人帝子迭登场。高台烽火幽冥梦，盛世飞歌夜半枪。　风浪浪，树苍苍。几回粉墨演兴亡。往来角色消磨尽，观者喧喧议短长。

[西江月·厦门即景]

一岛繁花烟树，一湾红瓦白墙。水边鸥鹭懒飞翔，海浪轻轻鸣响。　何处微风清润，谁家灯火昏黄。骑楼怀抱老橱窗，人在深深小巷。

[鹧鸪天·武夷山]

八闽灵光汇碧山，天风文脉竞斑斓。奇峰飞瀑青屏列，儒子词宗健笔传。　溪九曲，路千弯。丛丛茶树雾岚间。何人隐在丹霞里，高卧松云不羡仙。

[西江月·过母校]

飞鸟恍然轻语，行云依旧无言。回头不觉许多年，如梦如烟如电。　街市半边斜照，石阶几点光斑。微风吹动影流连，搅动前尘旧念。

[贺新郎·送故友返京]

往事栖何处？算人间、天光变幻，十年朝暮。携得京城风霜色，来访蓉城羁旅。别后事、杯中倾注。相视同寻当年影，似共听急急中年步。北地雪，忽飞舞。　青葱时节青萍聚。到而今、肩头家业，膝前娇女。人海浮沉频奔走，犹自披风着雨。更几许、悲欢未诉。故里炊烟离去久，料异乡灯火当如故。前路远，莫停驻。

陆玉梅诗选

◎ 陆玉梅

[罗浮山记]

梦入罗浮醉不醒,三千世界接苍冥。
偏宜福地安禅去,别有洞天飞瀑听。
白雾如霜衣澹澹,翠华在野水泠泠。
我来跌坐云台下,迢递群峰十万青。

[入瞿塘峡]

万里瞿塘烟水寒,舟行雪浪满江干。
浮云故垒三千事,明月清风十二滩。
夜近夔门连洞府,猿啼峡谷上天坛。
经年遣得巴山梦,一入乡关仔细看。

[清秋寄远]

人家三百里,两两隔重城。
有约江山远,不辞云水轻。
等闲思往事,容易负鸥盟。
窗外梧桐语,空吟秋夜情。

[岭南望月]

一叶梧桐里,清光与寂寥。
人家成故旧,山水只迢遥。
落落霜前月,离离渡口桥。
秋风如解意,吹送数声箫。

[立秋前日登凤凰山]

雨后秋声下夕阳,一川野色动微茫。
晚烟迢递松风近,白鸟去来槐梦长。
可鉴潭心浮碧翠,好从物外说寻常。
行吟遍是天涯客,暂就云山认故乡。

[过故人居]

嘉陵江上水,西蜀渺茫天。
竹杖青山客,云拖白屋烟。
不应春老去,独有鸟回旋。
芳讯如何寄,悄悄向日边。

[惠州西湖行]

九曲桥边水一湾,经年风物几曾删。
阶前空竹发清响,槛外秋荷隔远山。
旧侣来时情得得,幽人去处鸟关关。
六如亭共朝云暮,问讯坡仙还不还。

王典馥诗选

◎ 王典馥

[初游达州巴山]

日照达州高,巴山挂赤袍。
游人新戏水,度鸟早鸣皋。
玉凤观音出,金龙大峡韬。
杏花风送客,眷恋满春舠。

[香城新都观省教研会]

升庵名故府,蜀郡北存之。
初夏游庠校,朝晖至璧池。
书声流纸墨,教海动心脾。
此地才贤聚,花香袅袅枝。

[己亥三月川东行]

莲峰谁抹绿,逗我枕湖山。
古宇舟才出,鹅江雁已还。
云游高寨急,鸟啭圣灯闲。
俯仰诗思起,轻吟驿道关。

[内江新村仲秋见景]

秋风拂碧湖,小径傍青梧。
夕照浮金菊,星光落玉珠。
村姑呼稚子,野老犒行徒。
月下乡心动,前途忽酒铺。

[成都龙泉山望远]

彤云微动映天煌,秀亮山川靡莽苍。
高柳倚春曾吐絮,寒梅恋雪甫添香。
谁家大院飞金鸟,几处茅篱挂紫阳。
桃放无为时令易,人间已道是韶光。